Los Fantasmas

CÉSAR AIRA

鬼魂的盛宴

[阿根廷] 塞萨尔·艾拉 —————— 著　　于施洋 —————— 译

浙江文艺出版社

12月31日上午，帕加尔代夫妇前往何塞·博尼法西奥大街2161号，去看他们名下的住所。房子还在修。陪他们一起去的是巴尔托洛·萨克里斯坦·奥尔梅多，景观设计师，他是被请来给前后两个大阳台布置绿色植物的。沿着堆满施工废料的楼梯一路走上楼房中部，他们的公寓位于四层。整座楼是一层一户的设计，除了帕加尔代夫妇以外，只有六户人家，年末这个上午都来了，来查看工程进度。泥瓦匠在人前忙个不停。十一点左右，楼里更是乱成一团。说实话，按照合同，今天该是这七层住房完工交付的时候，但是现在要往后推了——常有的事。建筑公司的建筑师费利克斯·特略尽力安抚业主们的情绪，爬上爬下得有五十次了。业主们大多也带了人来，不是地毯商来量面积，就是木匠、贴瓷砖工人和软装师。奥尔梅多说着要在阳台上放一排矮棕榈，帕加尔代家的孩子们在没铺地砖、没安门窗的房间里跑来跑去。工人正在装空调。电梯得等放完假了才能用，现在要用电梯井来运建材。楼梯上的栏杆也没装好，女士们踩着高跟鞋爬满是灰土瓦砾的台阶，走得格外小心。地下一层是车库，有斜坡通上人行道，但是也还没铺上特制的防滑路面。地下二层用作杂物间，或者储藏室。七楼顶上还有恒温泳池和游戏厅，从那里可以俯瞰屋顶和街道。门房住的地方和大楼其他部分一样还没完工，但是守夜人劳尔·比尼亚斯一家已经住好几个月了。他是个智利来的泥瓦匠，虽然明显是个大酒鬼，但是还算值得信赖的人。气温不是一般的高。从顶楼探出去很危险，天台四周的防护玻璃还没安。来看房的人都拦着孩子，让他们别往边儿上去。在安好门窗、铺好地板之前，房子确实会显小，这大家都知道，不过其实也能显大。负责三楼装修的建筑师多明戈·弗雷斯诺躁动不安地在这个宽阔的迷宫里踱步，像踩在荒野的沙地上。特略的工作做得不错，至少楼立在地基上，没像冰激凌一样在太阳底下化掉。二楼的住户没来。五楼的房主是卡恩夫妇，年纪挺大了，带着两个年轻的女儿。优秀的装修设计师埃莉达·格拉玛霍正在他们身边，大声报着窗帘的预算。处处都得留神。每个细节展示出来，正好测量所占的空间和该留的富余，所以这个混凝土大笼子长宽高每一毫米都被细细量过了。一位穿紫色裙子的夫人在六、七层之间的楼梯上喘气，其他人没这么费劲，飘上飘下，甚至可以穿过成堆的石材。工期延误并没有让房主们心烦，因为不但交房的时候得付清全款，而且装修置办需要更多的时间。测量房屋延展了人们感觉被压缩的空间，同样也在拉长搬家的进程。再说，一年最后一天收房，实在有点尴尬吧。六楼上，伊图尔维德·桑索家的两个孩子——五岁的多罗特阿和三岁的何塞菲娜，正用穿着凉鞋的小脚丫掀起一阵石灰粉，他们的父母在跟费利克斯·特略和气地聊天。特略跟他们说了声“失陪”，去跟穿紫色衣服的女士打招呼，还陪她走到了上面那层。他们碰上了从公共娱乐室下来的卡恩一家，互相认识了一下。这时候，帕加尔代一家从阳台上探出身来俯视博尼法西奥大街，跟茂盛的法国梧桐一边儿高。尽管还没安护栏，装着高扶手的阳台目前是对孩子最安全的地方。这个上午洋溢着稚气，一切都是孩子们的，童真的世界超越了测量造成的延展，也克服了危险带来的抽缩。现实的宇宙以毫米测量巨大无比，有孩子的地方总要把尺寸折中一点。装潢设计师就是制作微缩世界的工匠。这些买房的有钱人和做这桩赚钱买卖的人都把孩子的舒适放在第一位。要不是因为这些小不点儿，父母们更想住宾馆去。泥瓦匠在他们中间穿梭，打着赤膊，样子很凶悍。富人和穷人、人类和野兽之间是一道时间线，一些人现在所处的地方，过段时间就会被另一些人所占据。31号——抛开其象征意义不谈，生生体现了这一点：穷人也有权幸福（甚至真的可以很幸福，那是另外一个不容争辩的事实了）。钱多钱少，丈量的是用途，尤其是使用者的多元性，而对金钱的占有就像那天上午工地上的会合一样短暂。萨克里斯坦·奥尔梅多想放些植物在室外，弗雷斯诺则建议放在室内，某种意义上，他们都是景观设计师，何况现在到处都算“室外”。等到一切空间都变为“室内”的时候，这栋楼就完工了，变成一个私密的、拥有装甲的小世界，特略会消失不见，就像一朵尘埃之云被流逝的年月吹散，孩子们会在这里长大，至少有那么一段时间。底楼洛佩斯家就有几个年幼的孩子，他们全家正待在方形的后院里，那儿已经铺了地砖，红的。三楼的住户中午才到，是七楼那位紫衣女士的父母，他们把外孙们也带来了。楼里不能有更多孩子了吧。他们每个人都会有一片私人的风景，一片在另一片上面。格拉玛霍女士记了三个小时的笔记，写下各种测量数据。伊图尔维德的妻子说她看到了一个可怕的怪物，很壮，像个摔跤的。

那是个圣地亚哥[①]人。从电梯井里升上来一个高空作业的吊篮，小马达拉着，板子上放着水桶。一点钟左右，业主们要走，临时在一楼碰了个头。那里更凉快。从顶楼能看见警察局的天井，就在转角，博诺里诺街上。有位老先生——洛佩斯家请的木匠，已经量了几面墙，好打书橱和衣柜。本来，因为是毛坯房，大家都想按自己的喜好来定制柜子，建筑商给他们推荐了一家木器公司，最后揽下了楼里四户人家的活儿，工厂店，车间直接听设计师指挥。楼下，家长们聊天的时候，几个孩子看着工人把碎砖乱石倒进街上一个漏斗车里面——从一块斜放的木板上把独轮车推上去。木板拦住了人行道，那些从街角超市出来、准备做一顿大餐的主妇们，拉着满满当当的购物车还得从车道上绕，一脸的不乐意。多明戈·弗雷斯诺正在和一个留着络腮胡子的年轻建筑师说着话，他们认识，年轻人接了七楼那家的室内设计。他们发觉开始行动的时刻正在迅速逼近啊，虽然整栋楼看着还没修好，不太牢靠，剩了这么多碎碴和开放空间，但是完工指日可待。已经退休的埃莉达·格拉玛霍也是这么想的。其他户主们没太在意，还想着别的事情。他们本来可以看到泥瓦匠消失在空气里，像

①此处应指阿根廷城市圣地亚哥·德尔埃斯特罗（Santiago del Estero）。

即便爆炸也没有声音、不留痕迹的气球。电工一点钟准时停工走人了。特略和施工队的工头聊了一会儿，然后一起去查设计图，足足花了一刻钟。布线这种事很快，插座和其他那些一个下午就能弄完。紫衣女士的父母带着小孩上去看顶层的大厅和泳池。泳池已经铺上了小块的天蓝色瓷砖。差不多在门房家“院子”那个位置，一个身材精瘦、穿着简陋的女人正往细绳上挂衣服，她是门房的老婆埃莉萨·比库尼亚。看房的人们抬眼望那个形状怪异不规则的水池（给楼戴了个冠），旁边是维持全楼电视画面的卫星信号接收器。接收器的金属边缘锋利得连鸟都不敢停，却有三个人坐在那里，一丝不挂，脸朝着正午的太阳。当然了，没人看见他们。四楼，帕加尔代夫妇一边听着萨克里斯坦·奥尔梅多的解说，一边翻看一个长方形的大文件夹。孩子们也想发表意见。通常，他们只是想要从阳台往下看，不管哪儿的孩子，都热衷于体验不同的高度。就算是从一栋楼的四层搬到另一栋楼的四层，那也不一样。从高处看到的景象是不同的。关于他们所在的地方，孩子们总能产生一些奇怪的想法，有时候毫无逻辑。他们又在房间里乱跑起来，地面还只是水泥。光照亮了最远的角落，使得他们好像在高处分割成块的草原上。经过辞旧迎新的庆贺、祝福，以及“相信各位会在新家里幸福美满”之后，费利克斯·特略跟其中一家人告辞。他掐得很准。

对“幸福”，楼里的住户自有预期，眼看它包裹在一种拖延中，事物发展的缓慢速度中，也感到幸福。总之，他们相信事情不会按原计划发生，也就是说，不会很快发生。他们情愿事情在一个缓坡上演进，从交首付的时候就情愿这样，那都是一年以前的事了，现在干吗要变呢？只是因为一年到头了吗？是啊，他们知道，确实要有点变化，但等到最后一刻吧，不要占用中间的时刻，别是今天，别是明天，也别是提前限定的任何一天；在事情发生的频谱里，就像在感官的波谱里，有一道门槛，这道门槛在它在的地方，不在别的地方；他们等的是“年”，不是“年末”。不用说，这有道理，胜过一切事、一切人，甚至“道理”本身。

这一年和这一刻的统一，就像这座楼的所有权一样。每个人都是自家公寓、车库、储藏间的主人，但也仅此而已，这是他们唯一能卖的东西。然而同时，他们又是整栋建筑的主人，这就是水平财产权的关键所在。

街上，漏斗车上的一角，一个泥瓦匠站着不动，手里提个空桶。这个小伙子叫胡安·何塞·马丁内斯，正出神地看街角那儿发生了什么。无论是那个街角还是他，都没有什么特别的，普普通通，完全可以一眼带过。好几个人看他，只是因为他站得高，因为那种想要一个人站在高处的孩子般的热情（毕竟他还很年轻）。他一动不动地看着街角。唯一特别的就是他那“静止”，哪怕只有片刻，他可是个正在干活的人啊。他好像阻止了运动，但又没有停下来，因为在这些瞬间里他还挣着工资，就像大师雕塑的作品，静止不动，不断升值。这是一种确认，确认一切都荒谬轻浮。看着他的那些人，和看着远处的他一样出神，大家都明白，为了今后片刻的发梦，他们正在接收一种对永恒、对承诺所在的彼岸的诗意思考。

最麻烦的是他们撒谎，费利克斯·特略说着，脸上带着解除一切担忧的粲然笑意。建筑师的话引起了大家的注意。正常，听人说撒谎的时候，大家都会格外小心。特略说的是那些泥瓦匠，也泛指所有无产阶级。他们撒谎，撒谎，撒谎，甚至说实话的时候也在撒谎。大家用力点头，表示同意。费利克斯·特略出身中产阶级，从他职业生涯的某一刻开始，他就几乎专门和这两个天壤之别的阶层打交道：在他设计精良的楼里买房的有钱人，和造房子的穷泥瓦匠。他发现这两个阶层在不少地方都很相像，尤其在钱的问题上都毫不客气。在这方面，他们就像是一个模子里刻出来的。太穷的人，太富的人，都觉得设法从跟前的人那儿获取最大利益是件很正常的事，而中产阶级则有所顾虑。特略太明白这种顾虑了，因为这正是他的心结，要在能取得的最大值和需取的正当值之间留出量来，这种“缓冲”，鬼头鬼脑的礼貌，其他两个阶层是不会知道的，完全不懂，也从来没有想过。特略跟这两个阶层打了很多交道，而且他脑子活、能适应（这两点可不一样），早已掌握了有效的驾驭方式。他从双方互相设下的完美陷阱中获利，一旦确保了体面的生活，唯一的追求就是平静。只有一件事让他吃惊：自己以一种呆呆的表情跟他们讲述相互之间的真事的时候，他们表现出发自内心的困惑。好比他最喜欢的小说《小酒店》里的情节，主人公绮尔维丝对顾奢一家“不再偿还一个铜子了，仅仅在洗衣的账内扣除”，过了一阵，甚至开始向他们讨要工资。[①]这真是给资产阶级读者的当头一棒！这么善良、诚实、勤劳的女人怎么会欠钱不还呢？啊，是吗？要是她不过是受到道德的约束，又凭什么还钱呢？那她就不客气一下吗？不，根本用不着客气，她没什么钱，丈夫是个酒鬼，还有好多别的烦心事。左拉多有才啊！（但是特略这么说，双手交叉、抬眼看天、心里暗说“连我都想不到”的时候，无意中坦白了一个事实：漂亮瘸腿熨衣女工的行为让资产阶级们很恼火，而他要比

①参见［法］左拉：《小酒店》，王了一译，人民文学出版社1982年版，第173—175页。

他们更资产阶级五万倍。)

那些在这里买房的夫妻，除了最老的和最小的以外都是二婚，或者说，不愿再变动的婚姻关系，所以买下舒服宜居的房子打算长年定居。这是特略的风格，幼稚又居家的现实主义特色，另外一方面，一笔好生意。

专心听特略说话的一撮人，几对二婚夫妇，对于幸福有着共同的规划。他们中间挤进了两个家伙，赤身裸体，皮肤沾满石灰粉，也在听特略讲话，但只是为了能一直狂笑下去才听。那声音与其说是笑，倒不如说是恐怖的号叫，声音透着夸张的讥讽。大家听不到也看不到他们，谈话以礼貌舒缓的节奏继续进行。两个家伙叫得越发起劲，像在互相较量。他们身上脏兮兮的，就像泥瓦匠，体格也是那种：五短身材，精悍结实，手掌粗糙，双脚很小，脚趾分得很开，野人似的。他们表现得像没教养的孩子，但确实都长大了。一个泥瓦匠拎着一桶废料走向漏斗车的跳板，恰好从他们身边经过。他伸出那只空着的手，迅速抓住了其中一个的阴茎，扯着它继续走。那家伙被拉长到两米、三米、五米、十米，直到人行道上。松手的时候，它发出奇怪的和声弹回原位，回荡在没抹灰的地砖、没铺大理石的楼梯间和没装电梯的电梯井，像日本筝最低沉的弦。两个鬼魂加倍狂笑，声音前所未有地大，伴着特略说：电工撒谎、油漆工撒谎、水管工撒谎。

一辆满载空心砖的卡车倒着开进底楼的门厅，看房团已经走了。放半天假还来运砖，这让特略很吃惊。他跟对方解释说这是最后一批做隔断的空心砖了，还有心思开玩笑：要是有人想在最后关头改布局，要么现在说，要么这辈子也别说了。快完事了，他不会让大家操心的，或者说这是为了住得舒服来的最后一次。可对于泥瓦匠来说，这就是个不怎么舒服的意外了：得去卸砖，这半天又延长了。他们赶紧排成传砖的队形。两个鬼飘到一个圆形四分的电子钟上面，钟就挂在电梯门上方的水泥梁上。他俩头朝下，太阳穴靠在一起，一个垂直，一个偏开五十度，就像指示11点50的两根指针。那会儿并不是11点50，1点过了。为了不妨碍工人干活，也为了顺便给晚来的人看看游戏厅和泳池——这座楼的亮点，特略提议去楼上。那些不上楼的人就从这儿道别了。楼顶热得烤人，大家一上去就点评这泳池很有用。上方的金属架需要解释一下：晒台会装电动玻璃幕墙，加装独立锅炉，通过这些散热片给泳池供暖，毕竟冬天比夏天用得多，夏天大家都去浴场了。要装的玻璃数量不小，采光顶棚，还有差不多一圈玻璃护栏（朝南临街的那条边不用，那儿设计的是更衣室、厕所和门房的住处）。都是钢化玻璃，纯净的石英主料，已经采购好，成箱堆放在地下室。装玻璃基本得在最后。人们走到边上看风景，虽然不是真正的全景——毕竟只有八层楼，但视野已经很开阔了，能看到几百米外阿尔韦迪大街上成片的楼房外墙（那条街上的交通就像一场疯狂的赛跑），一大片房子和栽着树的庭院，还能看到远处零零散散的几座高楼。浩瀚天穹，夏日午间的钴蓝色。除了清晨，太阳在泳池上随时可见。他们发现几个孩子正往这边盯着看，顺便聊起了看门人和他的家庭。听说那守夜的好喝酒，但是不用担心，警察局就在附近，从这儿都能看到，保证施工阶段不会失窃，醉酒大意也没有问题。这家人过几个礼拜就走了，智利来的，你们知道吗？没错，看着像，智利人不一样，个子小一些，更严肃，更整洁。不止呢，特略说，他们是正经人，勤快，干起活来谁都比不上。劳尔·比尼亚斯经常和他亲戚（当然也是智利人）喝得大醉，有几个也在这里打过短工。所有这些人，还有其他人，很快就要消失了，永远消失不见。他们已经在这里住了一年，这事让业主们有点恍惚——正式入住之前居然必须有人先住过，甚至能想象待在这里的幸福，即使短暂，即使边缘。头几个月，楼房主体框架刚刚立起来的时候，守夜人一家住在一层，条件非常简陋，墙壁都是用纸板搭的，之后才搬到顶层。顶层比较诗意，确实，可也得承认，他们冬天经历过刺骨的寒冷，现在又在高处熬着。当然，这对劳尔·比尼亚斯来说不算什么。很明显，他们也撒了谎，比如不是合法居民，没有工作许可，后果就是给他们的报酬很低，但是因为货币不同，对他们来说也相当不错了。他们似乎已经找好了下家，甚至还得求他们再等几个礼拜，免得这么短时间重新换人。“他们比我们幸福。”洛佩斯太太说，想来，至少他们更在意幸福这件事。

与此同时，四楼的地毯商，一位矮胖的先生，正最后一遍核对记录。他来来回回，不时重新测量，好确认之前没出错；每次看完刻度，他专业地一松一抖，金属卷尺就飞快地缩回去，发出“嚓”的一声。从头到尾，所有数据准确无误。只要需要，他连天花板都能给铺上地毯。下楼之前，他从阳台上探出头，看那辆黄色三菱小卡车是不是还停在那儿。正好楼下也探出大卡车的车头，工人正从车上卸砖。

工人们有点着急，一行不够，排成两行，八个人一起卸砖：车斗上两人把空心砖三块三块地取出来扔给下面的人，下面两个接住传给另外两个，那两个又传给最后两个靠墙码好。砖块每次空中腾跃都跟前次一模一样，哪怕稍稍分离，又会在抓住它们的手里重新靠紧，发出响板一样的声音。闲着没事的人常常入迷地看他们干这个，在对面的人行道上一看就是几个小时，但现在唯一的观众是一个四五岁、金头发的胖小子，他从卡车的一侧走进来，欣赏了几分钟这个高度同步的工作，又朝正在一列工人里接砖的劳尔·比尼亚斯走去。他问：先生，小朋友没在吗？比尼亚斯误了饭点儿正烦着呢，看都没看他一眼，一副不理人的样子，但还是在烟雾中（他在三块三块地接抛砖头的时候还抽上了烟）对他甩了一个音节：没。胖小子不甘心：在楼上吗？又是一阵沉默，砖块在空中来来去去。他又问：啊？最后，比尼亚斯对他说：何塞·玛利亚，你赶紧找他妈生你那婊子去。工人们哄然大笑。何塞·玛利亚被骂了这一句，退到旁边安静地看，很没面子，但是又高兴别人叫了他的名字，何况“运砖行动”确实很吸引他。他家午饭吃得晚，没什么可急的，可以等住在街角的奶奶找他回去。老太太嗓门很大，她的喊声让街坊们都知道了这孩子叫什么。这时他突然在屋子尽头看见一个裸体、满身白石灰的东西，吓得飞快地跑掉了。车斗上捡砖汗流如注的圣地亚哥胖子来了句：什么毛病？大家又笑起来，一方面因为他的口音，另一方面只是想多笑一会儿。笑得有点机械，注意力还在手上，得专心啊，赶紧干完了事。

不远处，劳尔·比尼亚斯的外甥，智利小伙子阿韦尔·雷耶斯，正在街角超市里采购工人的午饭。和平常一样，仅限于一些最简单应急的食材：肉、面包、水果。作为一个很年轻的年轻人，他不想用小推车，可又没拿袋子，只能把所有的东西都抱着。其实他都算不上年轻人，几乎是个孩子，十五岁，看起来只有十一岁，瘦，丑不拉叽没个正形儿，还把头发留得很长。两年前他和父母来阿根廷的时候，发现这边跟国内不一样，年轻人留长发的非常多，很洋气的样子。他太天真了，年纪小，加上从外地来，不知道留长头发的阿根廷人都是社会底层，而且是自我判定永远走不出底层的人。不过，就算他注意到了这一点也不会在意。他喜欢，这就够了。于是他任头发乱长，已经垂到背，到他扁平的肩胛骨下面了，看着实在闹心。他父母没钱但是正派，不知道怎么的只跟他讲道理——要是威逼利诱，早就在剪刀跟前屈服了——可惜他们只是说说，这样像个女的像个犯人，走这条路就没个头了。他们放不下道理，因为都是对的，但毕竟善良又通情达理，自我安慰“过了这阵就好了”，于是他就越发女里女气的。长头发影响干活，他认真考虑过用皮筋在后面扎起来，但是目前还不敢。在工地的忙碌气氛中，没人跟他说话，甚至没人费神注意他。在这里留长发真的很普遍，这一点他没搞错，要是在智利，该有电视台采访他了，更有可能被抓进监狱。

超市里不平静。现在是最繁忙的一天里的高峰期。购物的狂热支配了一切，什么都抢，谁也不想在这跨年夜饿肚子。他运气不错，在冰柜最深处发现了两大袋烤肉条，手都被冻凉了。他又拿了一卷熏香肠、一片折成四折的烤牛胸和十二块牛排，都装在白色小托盘上，包在透明塑料袋里。他又去水果区，挑了两包差不多熟了的桃子和一打香蕉。没有袋子，拿这么多东西可真是麻烦，不过这还不算最折腾的。买面包之前，他去看有什么冰激凌，在一个水槽形的冰柜里，很深。当然了，现在不能买，没吃着就该化了，不过一桶八人份的巧克力脆皮冰激凌多爽呀，两桶就够，他想，回头“启发启发”舅舅。不过不一定买得上，大家正抢呢，除非有价格原因，这种冰激凌确实好贵。然后呢，对，还要买面包。面包很重要，不光就着吃，而且根据乡下的做法，这就是盘子了，上面放肉。这种吃法得有锋利的餐刀，所以隔三岔五要叫来磨刀师傅（他们走街串巷，一般吹笛子揽生意，但还有个吹的是埙，估计是布宜诺斯艾利斯独一个），让他们把刀磨快。跟往常一样，阿韦尔对这里卖的面包很不满意，每袋才不过半斤，得拿四袋。面包在肉和水果的包装袋上面堆着，太滑，眼看就要掉下来，但是不想跑两趟的话也只好这样了。他像个怀抱巨婴的父亲一样走向酒水货架。可惜没有冷柜，只能喝常温的。会习惯的，就像习惯生活里的其他事情。他只拿了两大瓶可口可乐，用两手的食指和拇指拎着瓶口——只有这几个指头有空了。超市里人多了不少，工作人员着急擦地板，相当影响货架之间的流动。阿韦尔在顾客里面很扎眼：鞋子破洞，裤子沾着石灰，衬衫有口子，再加上一头长发。奇了怪了，他干体力活，而且相当重，身子骨还这么单薄，一眼看上去还以为是个女孩，一个小女仆。他看到收银台跟前的队伍，一时泄了气：排了整个超市那么长，差不多有三十米，然后拐个弯，从另一个过道反向排回来。有三个台子，但是今天只有一个开放，那个收银员也笨得要死，连阿韦尔这个公认的蠢货都看出来了。这个超市的经营确实有问题，太随性了。它不追求商业利益，接待顾客并不在意赚多少钱而是某些其他的东西，具体什么没人知道，总的来看，大约是一种宗教价值。它和这个连锁品牌的其他超市一样，都属于一个福音派教会，从它做生意的那股笨劲儿就能看出来。更确切地说，从方方面面都能看出来：一种浸透了超市每一个细节的东西，大概就是宗教不可言说的根源吧。据说这个区域的年轻工人碰巧来打探的时候，会有人很关切，很想传教，还送给他们一盒录像带，里面是教派长老，一个美国牧师的皇皇巨论。虽然阿韦尔是唯一一个天天去超市的年轻工人，可他从来没碰上这事：要么是他们看出了他那张智利人的脸，石头一样热诚的天主教徒，要么是长头发和留长发的道德意味让他们觉得没什么价值，不然就是他们觉得他家没有能放录像带的机器（或者认为他不懂英语，听不明白里面的布道）。他排到队尾，像平常一样微微驼着背，等着一点一点往前挪。这时候他看到了舅妈和孩子们。

接近正午，家庭主妇最艰难的关头，楼顶太阳烤炉里的埃莉萨·比库尼亚猛地一怔，像被针扎了一下：街角那家超市，她要完成几乎所有的采购，要是没有那家会抓狂，过了正午就要关门了！这不奇怪，这天本来就会放半天假，而且这家超市的营业时间变幻莫测，可能现在已经关了，也可能一直开到夜里11点55分。这下要是关门可就糟了，今晚庆祝跨年需要的东西她连一半都还没买。所以，虽然是临时起意，她还是决定过去转转，免得彻底悲剧了。她急着赶时间，想自个儿去，这样快点，可是孩子们从来都不愿意跟帕特莉一起留在家里。帕特莉得做饭啊。埃莉萨只好给那些光着脚的孩子穿上鞋，有的连脸都没洗，还不肯配合，花了一刻钟才把他们收拾得能见人（比如说梳好头）。她总不习惯碎砖乱瓦，尘土飞扬，没安栏杆的楼梯。她抱着小女儿，剩下的自己走，蹦蹦跳跳，但谁也没摔过。她有四个孩子，两男两女，最大的七岁，最小的快两岁。在她眼里，孩子们都很可爱，也许是可爱吧，有像爸爸的地方，也有像妈妈的地方。她三十五岁上下，特别瘦，个子很矮（比她那个不高的丈夫还要矮）。当然了，家里经济条件有限，穿得不好，也不怎么打扮。到了一层，在工地转了一上午的看房团不见了，她跟丈夫说了几句话，然后就出了门，后面跟着孩子。她让最小的女孩也下地走路，所以只能慢慢地。三十米，超市就在前面，都用不着过马路，但毕竟也算出了趟门，孩子们像往常一样打打闹闹，绕着装饰超市侧墙的砖石柱子转圈跑。

这么多人，门口一看大吃一惊。她也想过人会多（虽然她不是现在那种专门预估顾客数量的人），但是没想到这么多，两倍都不止。现实总是超过预期，就算没有预期。她只好提醒自己只是来问时间的，看是不是中午就打烊。好像没有贴通知，她就走进去问。空瓶换代金券的柜台等了十多个人，每个都神奇地带了一大堆瓶子罐子，吵吵闹闹，因为没人理他们。孩子们熟门熟路，一扭身钻到货架区过道里，被人群遮住了，当妈的只好去追，顺便找人问问。比库尼亚是那种白粉虱似的妇女,安静不起眼儿，没有“孩子在人群里走丢”的恐惧，从来不失理智，孩子跑跑总能找回来。小女儿杰奎琳还被她牵在手里。她在人和购物车中间开出一条路来，在第一条过道上看见了负责容器回收柜台的小伙子，正拖地板呢，来来往往的人太多，拖起来很费劲。她问了他，知道下午四点才关门，松了一口气。这样，吃完午饭再来也行。她继续往前走，找孩子，顺便看看吃的，尽量在脑子里列出购物清单。杰奎琳开始闹了，埃莉萨只好把她抱起来，但是她转眼又想下来，因为看到了哥哥姐姐：他们仨在一个店员跟前，她穿红色罩衣，浓妆艳抹，有顾客要尝咖啡她就分一小杯。看起来几个孩子也想要，就是不敢，而且显然她也不会给，他们连那是什么都不知道——从来没喝过咖啡，纯粹出于儿童的好奇心和想要得点东西的贪心。都到这儿了，埃莉萨顺手从货架上拿了一瓶漂白剂，她觉得家里的用完了，或者马上就要用完了。她用这个用得很费，不管洗什么都放，这是她的一个习惯。所以家里每个人的衣服都褪色得厉害，损耗之后轻飘飘的感觉，在朴素和破坏中又显得好看。不管是不是新的、颜色鲜不鲜亮，反正下了第一水（在漂白剂里泡一夜）就开始泛白、变薄，有点贵族气质，这是比尼亚斯家衣物的特点。可是一拿起瓶子她就想到，排一个小时队买这个太不值了，她要直接去收银台，问问最前面的顾客能不能让她先过，她只买一样东西。她把孩子们叫在一起说要走了。他们服从（或者无聊）地跟着她。要是队伍前面是某位不饶人的大妈，插队总会带来很多麻烦，不过她发现不用费这工夫了，阿韦尔就在队尾，抱着各种吃的，还一手拎一瓶大可乐。真是个可怜的孩子，又难看，又傻，长头发散在肩膀上。他也看到她了，远远地、礼貌性地笑笑，这种笑脸可只认亲戚。她走过去，问能不能帮忙把这瓶漂白剂结了带上楼，并从零钱袋里掏出一奥斯特拉尔。阿韦尔热心地答应了。她看了看他手里，东西拿得太多了，顺嘴一说，搞得他不好意思地低下头，把漂白剂留在两脚之间踢着走。他们先走了。孩子们在门口碰到骑着自行车的何塞·玛利亚。孩子们大吵大闹，要妈妈答应他们在人行道上玩一会儿，特别是大儿子胡安·塞巴斯蒂安，何塞·玛利亚说可以把车借给他。但是她坚持要回去，因为“该吃饭了”。这小屁孩成天就知道在街上晃，她可不想过半个小时再下来一趟找他们。哭喊简直停不下来，最后在街角多挨了一刻钟，她跟卖花的聊天，孩子们跑来跑去。拖着孩子们上楼的时候，侄子还没带着漂白剂出现。

阿韦尔·雷耶斯还在耐心地排着队，东西重得他胳膊都麻了。他看着几个同样在等的漂亮姑娘消磨时间，但是保持了最大的谨慎。说实话，这个世界上他最喜欢的就是姑娘了，但总在一定距离之外，这是青春期病态的腼腆。再说，被迫在超市队列里一动不动，这也不利于他行动。他的自然状态就是运动，包括逃跑的动，静止对他来说是暂时的。他一步步往前挪，跟着满载的购物车“列车”缓慢前进。许多购物车真的叫作满满当当，够用一年的了。他前后的人不停地在说话，他是唯一一个安静的人。他不相信真的有中子弹，比方说，要怎么清除这里所有的人，只留下东西？这两样结合得这么紧密，像超市排队，东西直接就是人的一部分。但是为了打发时间，他开始想象这种炸弹，悄无声息地爆炸了，放出大量射线。有害射线会进入食品包装袋、盒子、罐子吗？很有可能。他又想到一种跟中子弹爆炸致死类似的情况：一个人在家里听广播，里面放起一首歌；他出门，哪家的窗户里传出同一首歌；走过一条街，经过的车子里还是同一首歌；他上了一辆公共汽车，公交广播也仍然是这首歌，他无意中几乎听完了这整首歌。（某些时刻）所有人都在听广播，听同一个台。出于某种原因，他觉得这个类比十分准确，超乎自然地准确，只是效果不同。他沉浸在这些思绪里，度过了排长队的时间。当然啦，排在他前面那几辆车总是最慢的，收银员还去了趟厕所，让他们多等了十分钟，好在该来的总会来，终于轮到他了。把那些东西放到柜台上简直就是解脱。跟几乎每个顾客一样，收银员又按错了两次收款机键盘，每次错了都得叫主管过来，让他穿过抗议的人群，用一把小钥匙清除错误。总共四十九奥斯特拉尔。阿韦尔拿了张五十的，收银员问有没有零钱。他做出翻找的样子，其实当然没有，他一分钱也没有，这是他们交给他带来的唯一一张。收银员失望地犹豫着，“没有吗?”她问，神情像请他再找找。阿韦尔注意到这家超市的收银员（或许所有的超市都这样）总在找零的问题上小题大做，其实有零钱，每次都纠缠，而且这次完全没必要，只用找他一奥斯特拉尔就行了。他等着，手里攥着舅妈给他的折了两次的一奥斯特拉尔。收银员看了看那张钱。阿韦尔把钱展开扬了扬，让她明白这是他唯一的一张，并没有把另外四十八奥斯特拉尔藏起来。最后，她抬起存放一块纸币的金属压杆（下面至少有两百张），非常不情愿地拿出一张，小票一撕，看也不看地递过来。他赶紧朝门口走，都忘了拿东西，留下一大堆在柜台上。排在他后面的女士已经开始把自己买的东西往上放了，她叫住阿韦尔：“不拿东西就走？那还付钱干吗?”他这才回过头来，窘得要死，尽力把所有的东西都抓走。面包掉了，还有些别的。等他回到工地，卡车已经开走了，大伙守着烤架在等他。他舅舅和另一个泥瓦匠负责烤肉，一个阿根廷人，名叫汉尼拔·富恩特斯，或者阿尼瓦尔·索托（一个人两个姓，真是怪事）；他们把肉扔到烤架上，黑色金属丝编的长方形箅子。那是什么？比尼亚斯指着那瓶漂白剂问他。给舅妈买的，阿韦尔回答，我这就给她送上去。那就顺便带点东西，玻璃杯什么的。阿韦尔从楼梯上消失了。建筑师已经走了，比尼亚斯把木栅栏关上，挂上锁，只是没闩住。终于可以安安静静吃中午饭了。

居然没买酒，怪了，是不是？吃饭的人里面可有几个地道的酒鬼。但是这个小勤务员压根儿就没想过买酒，两个原因：第一，午餐时候不喝酒，这是规矩，除了某些周六（不是所有的周六），如果那天除了休息还有别的要庆祝，比如过生日；第二，酒由劳尔·比尼亚斯亲自在附近一家酒店买，那家有个特别的装瓶手法，每次带瓶子去打，便宜又实在。今天明天的酒都买了，这倒很难得，一方面，半天就收工了，想喝尽管喝，然后各自回家准备晚上的聚会去，那可是家庭聚会的大事；另一方面，年底了，确实该庆祝一下，总的来说，这是值得纪念的一年，有活儿干、有钱赚，没什么可抱怨的，甚至可以说是幸福的一年，尽管这还得再过段时间才能看清楚，这一年还没完全结束呢，还有十来个小时。劳尔·比尼亚斯冰上了十四瓶红酒，用一种他自己发明，或者说他发现的方法来冰镇：果断走到一个鬼魂跟前，把酒放到他的胸腔上，酒会以一种超自然的方式保持平衡；回来取的时候，比如两个小时之后，酒就凉了。不过有两件事他没有注意：第一，在这个过程中，酒从瓶子里面流出来，像淋巴液在鬼全身流转了一圈；第二，类似蒸馏把水泥池子里的劣酒转化成了陈年赤霞珠，连土豪都不敢奢望天天享受的佳酿。但是一个别无所求，在夏天喝冰镇红葡萄酒只为消暑的酒鬼能注意到什么呢。而且他对自己国家的好酒早就习惯了，这里的事情对他来说再寻常不过。确实，喝最好的酒，总喝并且只喝最好的酒，难道不是应该的吗？

阿韦尔·雷耶斯爬到楼上（要注意他对爬楼梯从来毫不在意：心不在焉，不知不觉就到了楼上），舅妈领着小的们正吃午饭。门房那套公寓已经提前进行了最低限度的装修，这样比尼亚斯和他的家人能尽可能舒服地住下，非常简单的装修，将将满足基本需求，地面没铺砖，天花板没装石膏板，墙上没刷漆，浴室设施不齐，窗户也没安玻璃。但因为有水（其实才刚通）和临时搭的电，他们就别无所求了。房间有两个，不大不小，还有厨房和浴室。家具是借来的，勉强有几样。孩子们坐在一张自制的桌子周围，面前摆着盛满牛排和豌豆的盘子。当然了，他们并不想吃饭。帕特莉面前有四个杯子，一瓶苏打水，一盒橙汁。她严肃地盯着她同母异父的弟弟妹妹，而他们正冲着杯子抽抽搭搭。帕特莉要他们知道不吃饭就不可以喝饮料。他们闹着渴死了。妈妈在厨房里准备甜点，眼下顾不上评理。帕特莉年纪小，更有耐心；事实上，她几乎还是个孩子，却有着惊人的甚至过分的耐性。她弯下腰，跟几个孩子一边高，但是一滴不让。他们狡猾地想各种办法，大声叫妈妈，但是埃丽萨不理他们，不光人在厨房，心里也想着别的事情。突然，帕特莉把杯子倒满果汁和苏打水递过去。他们贪婪地喝着。帕特莉吃完了牛排和豌豆，也喝了一杯果汁。坐在旁边的小姑娘想要站起来。帕特莉把她抱起来，开始喂她吃饭。其他几个孩子开始捣乱。年龄最大的胡安·塞巴斯蒂安吃得比别人都多，但还没清空盘子。另一个女孩布兰卡·伊莎贝尔还没开始吃就要续杯。饭厅里热不可耐，光线倒比较柔和，因为窗户是封的纸板，阳光照上去，虽然厚实，依旧可以透过来。夏天的阳光太厉害了。

怎么才能凉快点儿呢？要是有人这么问，答案是“不可能”。这是一种纯粹状态的热，真实又具体，一句话，热得不容你怀疑，必须得意志坚定，才不会像冰碴一样化掉。帕特莉喝了一杯苏打果汁（不是因为渴，是为了给孩子们做榜样），瞬间冒了一身汗。不放过任何细节的布兰卡·伊莎贝尔问：“你是钻到水里去了吗？”帕特莉想着再来一杯应该不会有这么强的效果了，就又喝了一杯。胡安·塞巴斯蒂安认为这是在挑衅，一下蹦起来去向妈妈告状，她还是没理。所有人又开始吵着要喝水。你们只能用自来水将就一下了，因为苏打水就剩这么点了，帕特莉说着晃了晃瓶子。她把杯子都摆到自己面前，准备用剩下的苏打水兑橙汁，每杯一样多，但只给吃了饭的孩子。这下奏效了，他们狼吞虎咽，搞得她还得帮忙把埃内斯托和布兰卡·伊莎贝尔剩下的牛排切成小块。埃莉萨探出身来问吃完了没有，帕特莉回复说肉没了，豌豆还有。胡安·塞巴斯蒂安是唯一一个吃完的，但也费了好大的劲。妈妈问他还想不想再来点儿，他哀叫着回答已经吃了很多，吃饱了，吃撑了。帕特莉把果汁分给大家，一眨眼都喝光了。她把杰奎琳留在椅子上，去厨房拿葡萄。每天都这样，吃个饭这么不情愿，她对妈妈说。太热了，可怜见的，埃莉萨不以为然，问帕特莉想不想把豆子吃完，吃不下了，她学着弟弟妹妹们的样子。你什么都不吃吗？都没坐下来。不吃，不饿。埃莉萨说。最后她还是把那盘豌豆吃了，倒掉太可惜了。帕特莉拿着葡萄和一把干净的小刀回到饭厅，把葡萄对半切开，取出籽，一人一颗。给杰奎琳的要多点工夫，还得把皮也撕了，好在她手指很灵活。

阿韦尔直接走进厨房，把漂白剂给舅妈放在台子上。厨房有一个大采光窗，阳光正从那儿冲进来。埃莉萨用一条蓝毛巾把窗户挡上，当时还是湿的。也许能降点温吧，但是不管怎样还是热得难受，尤其还一直在做饭。舅妈问他是不是要留下来和工人们一起吃饭，我现在不走啊，他说的好像是件显而易见的事情。那你跟你妈妈打招呼了吗？

没有，还没说，怎么了？那她肯定在等你。阿韦尔没想到这一点，嘴硬说不可能，因为他没和妈妈说今天只出半天工。是，埃莉萨又说，但她能想到。不会不会，阿韦尔不耐烦了，他想，舅妈不认识他妈妈，不知道他妈对他远没有舅妈对她的孩子们甚至对他那么关心。像所有青春期少年一样，他觉得哪个家庭都比自己家好，没什么道理，但他就是相信。埃莉萨猜到了，没太声张。她问他们家晚上准备和谁一起过年，他说和他大哥的女朋友一家，接着开始兴奋地讲他未来亲戚的事，把他们变成照出他眼中所有美德和权势的镜子。他哥哥的未来岳父开了一家汽车修理厂，（他喜欢把他描绘成）一个有钱有势的人，想做什么做什么，任何想到的事，他付得起钱。阿韦尔还给舅妈细数了一遍他们家的财产，虽然明显太夸张。不知不觉话题就聊到了食物，阿韦尔觉得自己有独特的品味，值得细致研究一番，否则就会显得像是一堆毫无关联的偏好。埃莉萨任他说话，自己很快走神了，没必要因为他又丑又笨就对他过于怜惜。她给了他一个建议：午餐不要喝酒，她说，那些混蛋，会死得很惨的。我从来不喝，阿韦尔一如既往地没有眼力见儿，对着家里大酒鬼的老婆说。帕特莉来拿葡萄的时候，他们贴了贴脸。帕特莉觉得他很诡异，可又对他很亲切。大家总在背后笑他，笑他的头发。其实他俩头发一样长，连发质都差不多：粗硬、支棱、黑色。帕特莉走了之后，阿韦尔还在滔滔不绝地跟埃莉萨讲话，直到她听够了提醒他下楼，估计工友们都已经开始吃了。

吃完葡萄，孩子们跑开了，光着脚到还没注水的游泳池里玩。那儿太阳明晃晃的，可他们喜欢，就像放满了水、正拨弄得水花四溅一样。三个年纪大的总喜欢玩一些假想的游戏，冒险的，最小的那个跟在他们后面，总粘着，扮演比如受害者这种不需要太多或者根本不用演技的龙套。演了几天的故事之后，他们回头玩起了赛车——几个塑料小车。出于小孩天然的直觉，他们知道楼下的工人已经没干活儿了，大着胆子下到七楼，再到六楼，开着小车沿楼梯一路向下，停在最偏远的房间里。怀着掌控整栋大楼，至少大楼高层的兴奋，他们把游戏设计得更复杂了：把小车放在其中一层，一起下楼，再上来打乱方向重找。施工中的建筑是最不适合赛车的地方（倒是很适合捉迷藏），但就是这种不妥制造了特殊的味道，新鲜、挑战，让他们忘了一切，感觉接近了真相或艺术的核心。杰奎琳迷路了，大哭起来。跟她最亲的埃内斯托爬上爬下，听她的位置，救出了她。唯一被打断的一次是阿韦尔下楼，提醒他们别掉下去，然后继续往底楼走。刚下两层，他们就开始冲他喊“长毛怪”。他们继续爬上爬下地玩小车。楼层间有点小风，不多，也不怎么凉快，但是总归太阳下山就能凉快点。光线应该也在变，只是看不出来。这些颜色鲜艳的小车是游戏里唯一的光度计。他们到了四层就不敢再往下去了，因为听到了大人的说话声。

其实工人们都下去好一会儿了。因为下午不用再干，他们都洗漱了一下又换了衣服，好让午饭更惬意点。讲究的还用水管冲了个澡，然后在底楼的院子里晒干。他们把工作服塞进包里，那工作服，客观地说，尤其脱下来看，完全是些沾了石灰的，扯破了补上的，甚至还有些没补的烂布条。梳洗好，他们坐在一张大木板桌子周围等午饭。桌子离烤肉架尽可能地远，有阿尼瓦尔·索托在那儿看着就行了。他们十个人，其中智利人，除了比尼亚斯和雷耶斯之外，还有两个：恩里克·卡斯特罗和费利佩·罗哈斯。他们管后一个叫“裤兜儿”，因为他习惯把手插在裤兜里，包括坐着的时候。他们为这笑了他不知道多少回，比如现在，他就左手拿着杯子，右手插在裤袋里。那个胖胖的圣地亚哥人坐在他边上，这人爱开玩笑，虽然不怎么高明，但凭那股天真劲倒也能把人弄笑。他伸了一只手到智利人的裤子口袋里，说是为了“看看里边有什么稀罕玩意儿”，所有人都笑了起来，裤兜儿被惊得手一抖，杯里洒出几滴酒来，心疼得不行。包工头，一位有点儿矮、白发蓝眼的先生

（意大利人），笑得都快不行了，不过他及时改变了话题。所有人都喝了一杯，当是开胃酒。幸好楼下凉快，像开了空调。他们碰碰杯，就这么说笑着。肉很快好了，只是忘了准备沙拉。他们朝小雷耶斯瞪了几眼，他经常不是忘了买这个就是忘了买那个。不过看在这天是一年最后一天的分上就算了。另外，肉倒是好肉。

除了几个智利人以外，还有一个外国人，叫华盛顿·梅纳，从乌拉圭来，没什么特点，也不引人注意。一个二十来岁的阿根廷小伙子，伊希尼奥·戈麦斯（实际上叫伊希迪奥，但这个名字西语里没有，他嫌怪，就说伊希尼奥了），也像阿韦尔一样留着长头发，特别丑，尤其是一脸麻子（那是以前的说法，其实是严重的粉刺），加上那头跟阿韦尔差不多长，不过带卷的头发，简直不能看。还有个卡洛斯·索利亚，大家背地里叫作“跑火车”（爱瞎说）的，圣地亚哥人先前的壮举逗得大家还在乐，这位却嘟嘟囔囔，最后直接说话带起刺来。圣地亚哥人是所有人里最有意思的，主要原因是他太胖，像个球。这一点改变了他。另外，他自我感觉相当好，可觉得自己是个才子了，甚至是位唐璜。他的名字是洛伦索·金卡塔，不怎么说话，说之前先打好腹稿，但就算这样，也没人觉得他有多机灵。

索利亚开始说圣地亚哥·德尔埃斯特罗人的坏话。大家任他瞎讲，时不时逗他一下。他说在圣地亚哥，人都喝热啤酒。真的吗？怎么会？当然真的，他去过，不过只是路过，什么人会让他在那片热得发烧的荒地里多待呢。有天在一个酒吧里，他尝了一下这种（对他来说）奇怪的饮料。他们把在院子里晒过的啤酒装在小车里送过来，热得像一碗汤一样，他说。有人问：为什么用小车？箱子呀，不然怎么运啤酒箱？多少箱？他们问，怀疑他夸张过头了。他先说三十六箱，之后又说八箱，搞不清楚他到底想的哪个数。但是他确认他喝了二十箱。饭桌上的人笑出了眼泪。这得破纪录了吧？他们说。三十六箱热啤酒，他一个人全喝了。

这像是圣地亚哥·德尔埃斯特罗的事儿，劳尔·比尼亚斯说，也跟着笑了。他跟阿根廷的圣地亚哥人碰了个杯，强调自己是智利的圣地亚哥人，这两个说法拼写不一样，差别很大的。

索利亚再次澄清，当时一整队的修路工都喝了，有二十个人。装啤酒瓶的箱子在酒吧院子里，大太阳底下。知道喝完之后肚子变成什么样吗？圆啊，肯定的。那感觉，最好别想，试都不要试。但是他们还是想象了一下。

跟比尼亚斯说话的时候，卡斯特罗想起了在智利认识的一个吹牛大王。这人，每次碰见谁，都说自己刚刚从阿根廷翻越安第斯山脉而来，路遇艰难险阻，条件困苦异常，穿越无人之境，翻过山巅，跨过雪原，一路步行，形单影只。每次遇见熟人都是这个故事，或者说这个故事的某个版本。但是有时候熟人没多久又照面了，他就得再编一个回去的故事，毕竟不能老从阿根廷到智利来，还得反方向回去，不说每次也得有那么一两次，就算是在规则比较灵活的想象的世界里。这么一来，他就有机会把牛皮翻一番了。

“洛伦索”这名字真怪。挺适合他这个人啊，大家觉得。但是，只要有一丁点怀疑，他们又会改口。“华盛顿”也是，“伊希尼奥”也是，最后说了一些最普通的名字，“阿韦尔”“劳尔”“胡安”之类。没有什么人如其名，这种联系是没道理的。还是有，所以才奇怪呢。更糟（或者更好）的是，只要听别人说说，人就能相信名字里应该有或者没有什么特质，如果在同事朋友的小圈子里得到印证，就引出好多鬼魂来。他们给认识的鬼魂倒酒。（真正的鬼魂消失好一阵了，每天烤肉架上升起肉味的时候就不见了，就好像这种气味会伤害它们似的；之后，午睡的时候，它们会再度出现，异常活跃，达到一天状态的顶点——至少夏天是这样，冬天要到黄昏时分。）

这让工头想起了过去一些不愉快的事。在座有几个已经跟他干了好多年了，可以陪他一起回忆。比如有一次，他们盖了一幢楼，和这幢一样，可能还大一点，不过是在材料和工具不足的情况下完成的，尤其是缺少工具，真是克服了各种想象不到的困难。他说，这故事听起来就像不少骗子编出来的那种，但是他有证人，卡洛斯·索利亚就能证明他没瞎说。哪个楼？他们问。金蒂诺·博卡尤瓦街上那个。啊，那个！太可怕了。他们想起来了。那次太煎熬了，要想方设法替代……替代什么呢？所有的工具，把能找到的东西都用上了。没有推车，捡了几辆别人扔掉的婴儿车；没有水桶，把花盆底的窟窿堵上。就这，东拼西凑，什么都不趁手，给他们留下了永远的印迹。

不到一个小时，食物全部消灭，敞开了聊让时间过得很快，香蕉、桃子、面包都没剩下。这很正常，饭就是拿来吃的，酒就不一样了，不是什么都可以喝过去的。总之，他们喝了不少，而且还在喝，一杯，或者两杯，代替了饭后的咖啡。实际上后来他们就纯粹在喝酒了，当然，跟平常一样，有人喝得多，有人喝得少。那三个智利人（大人，阿韦尔·雷耶斯喝可口可乐）是喝得最快，也是醉得最厉害的，以至于最后其他人走的时候，他们都没法说句囫囵话。再来点儿。坐着喝，眼神迷离，略有笑意。大家都飘走了，三个人好像垮掉了，觉得自己一小口一小口吸进了整个世界。一种兴奋感在周围打转，拉扯他们，而且虽然已经醉得脸着地了，好像还能继续喝，继续满上杯子，继续举到嘴边。至少这种感觉一直有，整个人像一个巨大的微笑。

四点，最后一个工人走之后没多久，埃莉萨下楼来看他家的什么状况。她找了两圈才看到他，在地上。她没太惊慌，还留神看了看有没有别人。另外两个智利人，刚好裤兜儿从短暂的昏迷中醒了过来，主动提出帮忙抬上去。上去了，比尼亚斯稍微清醒了一点，刚好够让陪伴到此为止。裤兜儿爬个楼梯就基本恢复了，又主动说从外面把栅栏的链条挂上，哪怕不锁。告别之后，他下了楼。剩下那个智利人卡斯特罗一直在睡。裤兜儿推了推他，醒了，就是不太爽利。他俩住一个方向，挺远的（得搭火车），收拾收拾一起走了，谁也没说话，稍微有点晃。他还记得挂上栅栏链条的保证，于是整栋楼，只要没人专门去看锁，就算是关上了，收工了。其实没什么关不关的，街上没人，这会儿正是睡午觉的时间，最安静、最空旷，同时也是最热的时候。四下里一片寂静。

丈夫躺在床上平和地不省人事，只出了一层酒后的细汗。埃莉萨让帕特莉帮忙把孩子们找回来，“帮个大忙”，她有点生硬地强调最后几个字，他们一开始就不该跑掉的。出于礼貌和尊重，那孩子忍住没说什么，却没忍住叹了口气，虽然像高天上的微风一样轻，还是立刻感到了尴尬。在这方面，在所有方面，埃莉萨都非常“智利”：能从最小的细节中察觉别人的想法。为了缓和她要求中可能存在的不妥，或者至少显得不那么突兀，扯远一点，扯到真正想说的话，没有别的意思，也不是强迫，她加了句评论：怎么想的，她说，这么热的天，还有精力跑出去玩。他们喜欢玩，根本停不下来。对于孩子们来说，游戏就像大人的生活：一个人不会因为活了一整天就决定晚上去死。帕特莉笑了。而且他们起得还早。缺觉会让大人头昏脑涨，却让孩子更兴奋。但是他们必须睡个午觉，不然晚上会撑不住的。帕特莉说，她可不保证能把胡安·塞巴斯蒂安拖上床，更不要说他的同伙布兰卡·伊莎贝尔了。老大是不爱睡午觉。埃莉萨想了一下，其实抬丈夫上楼的时候看到他们了，真后悔没有当时让他们回家（他们有点吓着了，每次看到爸爸这样都以为他病了，快死了），不然就能利用短暂的恐惧把他们关在黑屋里，加把劲就睡着了。现在让他们跑掉了，彻底没戏了。好在他们不可能跑到街上去。出于某种原因，这种危险好像不存在。另外还有摔的问题，随便哪个楼层都可能掉下去，因为这栋楼还只是个钢筋混凝土框架，有点隔墙，没做完，早着呢。但是母女俩都不提这茬，甚至根本没有想过这一点。有一次，有人说大人小孩坠楼的可能性是一样的，地心引力作用于所有人，就像问一千克的铅和一千克的羽毛哪个更重一样。出于这点，业主们来看房时（比如当天早上）严防孩子靠近阳台边的小心，就让他们生出某种模糊的深深的反感。如果他们这么想，为什么要买这套公寓呢？为什么不住平房呢？“我们可不一样，”他们想，“我们是智利人。”

有更简单的办法，埃莉萨说，把他们的玩具车拿走，这样就没有理由跑来跑去了。如果她了解他们（她认为自己了解他们），这招肯定管用。她有时候就这么干。帕特莉说他们会把车藏起来的。母亲轻手轻脚地蹲下（她们正在门口压低了声音说话，其实没必要，比尼亚斯不会被吵醒的），伸手在一个装满玩具的纸盒子里熟练地翻找。她记得孩子们所有的玩具，算了算，他们拿走了四辆，“大黄，红的，小蓝卡车……”。帕特莉心不在焉地听着。她觉得没法把玩具车和孩子们弄回来，只要手里还有一辆，就一辆，胡安·塞巴斯蒂安这个小鬼就能鼓捣得一分钟也不睡。

她顺着楼梯下到七层。为了节省时间，最好的办法就是一层层、一间间地找。他们听到响动很可能会躲起来。她找得很系统，但不太专心，被这个温度和这个点儿弄得发蒙。七层好像无穷无尽。可怕的明亮（由于居住在楼上，她对夏天这种景象已经习以为常了，以至于瞳孔总是缩成大头针尖大小），总是灌满风的天空，这一切让她什么都找不到。她不明白，也不会明白这个阶段的建筑、布局，房间怎么看都太多了。她发现人有一个奇怪的习惯：增加房子里房间的数量。家里不可能有皇宫那么多讲究。如果人开始按需要增加房间的数量，那可能永远也没个头，再也没法好好过日子了。一个房间缝纫，一个房间刺绣，一个用于吃饭，一个用于喝酒，总之，每件事都有一个对应的房间。同一个房间复制着，或者所有的房间都指向思想中的一个理式，就像总在远处的一面镜子里。这一点她妈妈归纳得很好，只是可能不够推演，因为存在的“满”只是一种幻象，人和事物都一样。不管怎么说，孩子们不在七层。

下到六楼时，她已经很累了，眼皮直打架。她相当意外，因为她并不喜欢睡午觉。在这方面，她还是个孩子。吃完饭之后，洗好盘子，把顶楼这个小家的清洁做得近乎完美（相对而言，毕竟工程还没结束），她跟妈妈一起看了会儿电视。她本来想继续看，但是那档节目完了，新的节目需要另外一种注意力。

午饭时间阿韦尔·雷耶斯上楼的时候，帕特莉表妹跟他贴脸打了招呼，这可能有点怪。本来脸碰脸问个好是很正常的，可是阿韦尔一大早就在同一栋房子里面干活，还这么客气就没必要了。大概他们一直没碰上面。他们很少见面，因为她几乎不下楼，东西都是妈妈买，一般不用她管。帕特莉一天下一次楼，有时候一次都不下，在家里各种忙活，看看电视，照顾同母异父的弟弟妹妹。她非常宅，标准的智利人，要么宅要么非常能在外面跑，她两种特点都有那么一点。她十五岁了，随了母姓比库尼亚，单身妈妈。她不爱说话，挺严肃，手很好看。

六楼也没人，她前前后后、一间一间找过了，确定（或者认为确定）。至少孩子们不在这层，其他那些让人不舒服的东西，鬼魂们，倒多的是。这个时候他们总在，走走就能看见，当然会有一定距离。是鬼魂们保持着距离，带着一种不可解的傲慢。他们喜欢大喊大叫，发出天空都为之震颤的嘈杂笑声。谁知道为什么。跟平常相比，要不是因为两个特殊的情况，帕特莉并不会对他们报以更多的关注：一般就两个，三个，四个，毕竟是鬼嘛，今天成群结队，四处游荡，大笑大叫像气球爆炸一样；第二点更引人注目，他们看着她，通常情况下他们目空一切，不像会注意什么，甚至压根儿就没有注意力，眼下也是，但对帕特莉例外。他们无意义的大笑好像也是冲她来的。她不介意，感觉像闹着玩的，更像是一场会飞的木偶戏，虽然有点不合时宜、不大雅观。当然，她不是没看过男人的裸体（但也没看过这么多），这方面她并没有特别害怕，但这个场景总归还是很不可思议的，不是随随便便就可以见到。他们在空中飘浮的样子能加重人的错愕。有几次她听到他们说话，会想上一阵。看起来，吓吓他们，或者从他们后面穿过去都很容易。也可能没那么容易。

她从前面的阳台探出身子，看了看空荡荡的街道。一辆汽车飞速驶过。她穿过整个房间来到后阳台，又往外探了一下。外面阳光刺眼，像火一样。她觉得看到了什么东西掉下去，一个鬼魂沾满白灰、赤裸裸的身体，掉得很快，比一般身体快。是幻觉吧。不是，她又听到一波大笑，特别吵，又很绝望，合唱队一样起伏响亮。她回到楼梯，一样：鬼魂在那儿，或者出现在那儿，一些笨拙地摇晃着，像长串的拉花，另一些则保持着完美的平衡。平衡是都有的，只是方式不同。忽然，背后有什么东西快速闪过，一个感觉比别的更加真实的东西碰到了她，她转过头去。是布兰卡·伊莎贝尔，她看着帕特莉，表情惊讶，接着惊讶慢慢褪去。她是个漂亮的小姑娘，是家里一个突出的变化，用父母的话说，活泼又聪明。虽然她有点紧张，可能猜到姐姐下楼干什么来了，但是脸上却露出微笑：她觉得撞见了姐姐正在看不该看的东西，高兴得都要唱出来了。帕特莉一点也不认为自己“看”的是鬼魂的羞处，他们的哈哈大笑可以证明这一点。“咱们睡午觉去！”帕特莉用力地说，她也该睡了。这个方法不管用，妹妹不想睡，转身就跑。她比帕特莉先跑到楼梯，开始下楼，小声地对其他人说着些什么。他们肯定就在附近。帕特莉想，得赶紧抓住他们，不过她也动不起来。天太热了，她累了，无能为力地听着他们散开。她打起精神从楼梯往下看，胡安·塞巴斯蒂安正从下面的平台上看她，准备往四楼跑。“过来！”她说，“不然妈妈就要来抓你了！”“为什么！”他回答。孩子们总是喜欢问为什么。“因为你必须睡午觉。”“我不会睡觉，你告诉我怎么睡？”“你弟弟妹妹在哪呢？”“我怎么知道！”帕特莉开始往下走，他下了一层楼，躲了起来。如果他一直下楼，她最后总能把他逼到哪个角落，问题是这小子知道哪些地方可以藏，又有两条逃跑路线，这样追捕就是一场持久战了。没用的。帕特莉再一次提高声音远远地吓唬他。她感到很烦躁，不明白为什么要下来，她不准备再往下走了。太幼稚愚蠢了！午睡时间抓小孩！他们不想睡觉就别睡了，跟她有什么关系，而且她觉得对他们的健康也不会有多大关系。总之，既然已经下到了五楼，至少把最小的妹妹带回去吧。

运气不错，小埃内斯托就在旁边，正用漂亮的深色大眼睛看着她。姐姐好！他向姐姐打招呼，好像在掩饰什么。墙上湿了一块，看高度就知道那是什么。工地严禁撒尿，但他们照犯不误。她责怪地摇摇头。我掏出那玩意儿就尿了。孩子说。我知道很容易憋不住。帕特莉回答，但是你爸会骂你的。我爸爸也尿。在这儿？她问。孩子看了看四周，有点迷糊，好像想说两件事：第一，每层楼对我来说都一样啊；第二，大家都会掏小鸡鸡。他认真在想，还想说清楚，这种温顺乖巧是因为他已经不由自主地被困意控制了，而且他说的也有道理。可能恰恰因为楼里从上到下那种不完美的、几乎让人产生幻觉的重复，这里有一种"暑天无君子"的暴露狂氛围，这对他同母异父的姐姐来说，更多的是激起好奇而不是感到羞耻（连她在这方面也还没有开窍呢）。她见过那群鬼魂晃动着粗大的生殖器朝天喷尿，在一楼的院子里（他们做这项运动最喜欢的地方），像下雨一样，直到在午睡的空白里打出一道道金属质感的彩虹。楼顶装卫星天线大锅盖那天，他们这样玩了好几个小时，就在楼边上。

去睡觉，不然妈妈要揍你了，她对他说。埃内斯托睡眼惺忪，听话地向楼梯走去。"杰奎琳去哪里了？"帕特莉问他。他俩总是形影不离，两个年纪最小的关系最好。埃内斯托耸了耸肩。帕特莉大声叫她，最后说了句"我要走啦”，跟在埃内斯托身后离开了。楼梯上到一半，布兰卡·伊莎贝尔出现在他们背后，抱着杰奎琳，正准备把她送到四楼安全的地方去。帕特莉转身飞快地下楼，从三级台阶一跃而下，这动作吓得布兰卡把妹妹放到地上就一个人逃了。杰奎琳大哭，不过被帕特莉一抱起来就安静了，双手绕着她的脖子，把头靠在她肩膀上。好轻。已经两岁了，还只有洋娃娃那么大，真不敢相信。但实际上小孩都这样，相对于年龄来说个子大点、小点，跟成年人比都是小小的。他们有人该有的一切，但都是另一个比例。这一点足以让人认不出来，或是让人相信梦里怪异的变形。就像埃内斯托刚才说的：裤裆里那玩意儿。大概就是因为这个，孩子们总在玩，用所有现实事物的缩小版：汽车、房子、人，一个门能打开关上的小剧院。昨天晚上电视里放《宝贝亲亲秀》，青蛙和熊两个玩偶读过生日或者给它们写信的小朋友的名字。他们一期都没落下，尽管从来没写过信。两个玩偶在一个小舞台上，没有幕布，后面是两扇窗，开场打开、谢幕关上。小窗好像是自动的，帕特莉之前扫过一眼，应该就是自动开合，从里面往外推，或者其他办法。但昨晚因为灯光问题，或者节目制作的一贯疏忽，她看到白窗户是有人用手关上的，戴着白手套，所以看不见，或者一般看不见。孩子们都没有注意，但她发现了，同样在看节目的妈妈也发现了。她俩没说话，但同时想到了鬼魂上。没说是因为觉得不值一提，懒得开口，但现在回想起来，帕特莉发觉了某种性的意味，或者至少是某种暗示。

你们玩什么呢？她问埃内斯托。假装今早来的那些人是我们的爸爸妈妈。帕特莉责备地叹了口气。想得出来！肯定是两个大孩子的主意，带头闹事的小鬼，就他们能想出这个。

六层，和其他楼层一样又不一样，把三个人包裹在一层新的静默里。据说楼层越高越是安静，但几乎总是住在高处的帕特莉反而不是很确定了。总之，如果是这样而且有一个梯度，人应该能感受到楼层之间的不同，至少听觉灵敏的人，比如音乐家，只是在一个完全不同的领域发挥。从五楼到六楼时，她感到寂静变得浓稠起来，但这说明不了什么，因为正如她所验证过的，现实的数据是随机发生的，或者说出于一堆偶然性的混沌集合。而且大家都知道，声音是上升的（应该是，俗话说，声音作为空气的一部分，“比空气还轻”），在高处应该比在低处听到的多：地面应该寂静无声。但上升中声音会变弱，因为高度也是一种距离。正常情况下人都在地面上，如果一个置身高处的人向下看，会看到两个相应的界限在半空中浮动，就像磁力的浮沉子：一个让声音弱到听不见，一个达到听力的极限。

但那些飘在空中的东西……知道是怎么回事了。说到噪音，甚至磁铁，住在这儿的几个月里，最吵、最恐怖的噪音就是那些猫叫。这一片到处都是野猫：神学院的花园，警察占了一个街区、长期停在那儿的车架，百米外那个广场，修女学校里热带植物茂盛的巨大公园（整整一个街区那么大），尤其是没人住的房子，都是猫的庇护所，它们繁衍生息的地方，每处都有固定的孤老太太一天两次放上牛奶和肉馅。它们那叫一个吵啊，刚开始她以为是疯了的婴儿，比那还要厉害，叫声里非人的那部分有种特殊的效果。还有速度，叫声总伴随着狂奔窜逃，同空手道选手立在原地发出的喊声大不相同。（在智利的时候，帕特莉听从继父的建议，学过空手道。出于各种原因，其中包括她对完美的天生抵触，她没能通过蓝带考试，不过蓝色一直是她最喜欢的颜色。）猫的活动过于淫秽，让她觉得鬼魂都算天真了，完全是淫秽的对立面。

比如说现在，他们就袒露着身体从光、从透明里出现：他们是不透光的，相当混浊，但身上雪白的石灰粉让他们和光浑然一体。从哪裹的这一身？没错，工地里到处都灰扑扑的，但只有他们白得特别均匀，没一寸皮肤不沾上，因此格外引人注目。而且要不少灰呢，他们个个都很壮，阿根廷式高大，甚至有点胖，总体来说身材不错，但有一些，大部分，还是免不了有肚子。连嘴唇都抹了灰，脚底板也是！只有在某些特定的时刻，从某个特定的角度，才能在他们性器官的顶端、包皮的边缘，看到生殖器上小小一圈闪光的、湿润的红色。那是他们全身上下唯一有颜色的地方。在灰里打滚儿的鸟都没法这么均匀。帕特莉穿过那片鬼魂们滑过的空气，毫不担心她的呼吸会和他们的混在一起。她踩在地板上。这是什么命啊：既不知道，也没想要，落在一片天体营里。

她又累又烦，没理他们。她也困，年纪还小，需要多睡。帕特莉觉得好像把时间给浪费了，但话说回来，似乎不浪费也干不了什么。午睡时间就是这样。那些神秘的男人隔着一段距离望着她，而她实在不知道要不要看回去。至少笑声散了。那伙缥缈的鬼魂身上有一种傲慢，一种活力。他们在那里，仅此而已。

母亲在顶上楼梯的尽头等着他们：其他人呢？上来就问。埃内斯托开始解释，帕特莉耸耸肩，我逮不住他们，她说，跑掉了。母女俩默契地认了。埃莉萨把孩子领进屋。“热死了！”埃内斯托进门就说。她把他们拉进卧室，父亲正在那儿鼾声大作。连脚都没给他们洗，几秒钟，完全睡倒了。帕特莉在饭厅看见准备好的购物袋，想起还得买东西，等妈妈从卧室出来，就主动提出替她去，带个清单。

算了，这回我去，我还没想好要买什么，可能得看看。他们家不怎么讲究吃，只要有营养有味道就行了。我顺便找找那两个孩子，把他们带上。她加了一句。行。但是她又说："我带他们去吃冰激凌，反正也不睡。帕特莉做了个表情，像说：好惩罚，就奖励他们表现不好吧。她也喜欢吃冰激凌，没人带她去。你也去睡吧。妈妈对她说。我正想去。她回答。埃莉萨穿好鞋子，拿上购物袋。我马上就回来。一会儿见。帕特莉说。

母亲出门了。女儿撤下沙发上罩着的针织毯子。那个沙发就是她的床。她把椅子推到桌边，脱下裙子钻进床单。这样很不舒服，太热了，但她得盖着点，这个房间正好在屋子入口，什么人都可能进来。火热。周围几乎一片死寂，只有大笑的声音依稀回响，让她困意更浓。她眼睛立刻合上了。她睡着了。

她梦见了自己正在顶上睡觉的这栋楼，但是没有完工、没看到修好或者人搬进来的样子，就现在这种状态中，施工中。这是一种平静的视象，没有不安的预言，没有虚构杜撰，几乎只是陈述事实。不过梦和现实总归是有区别的，对比越小，区别越明显。这次区别体现在建筑上，建筑本身是"已建造"和"将建造"之间的一个反映，连接这些映象的桥梁是第三点，几乎是这个话题的全部："未建造"。

在那些需要耗费大量人力、材料和昂贵工具才能实现的艺术活动里，“未建造”是其重要特征。电影是个典型例子，人人都能有创意，但是怎么拍、预算、人手，会让百分之九十九的电影停留在空想。甚至可以想想，大量阻碍连技术进步也没能解决，正相反，成了电影魅力的根本，而且吊诡的是，通过不切实际的幻想，这些阻碍把（不）制作电影交到了每个人手上。其他的艺术或多或少也一样。或许可以找到一种将现实的限制最小化、让“已做”和“未做”交融的艺术，一种即刻成为现实、没有鬼魂存在的艺术。也许真的有，比如文学。

在这个意义上，所有的艺术都有一种文学基础，糅合在各自的历史和神话中。建筑也不例外。在发达的文明中，至少定居民族的文明，建筑一座楼房需要不同行业的合作：泥瓦匠、木匠、粉刷匠，之后是电工、水管工、玻璃工，等等。在游牧民族的文化里，一处住所一个人就能建，几乎总是女人来建。在这种情况下，社会性这种不可避免的象征意义，就体现在定居点内住所的安排上。在文学中也会发生类似的事：在一些作品中，通过象征性的聚合，作者个人变身整个社会，在所属文化中所有专家或真实或虚拟的协作下完成作品；而另一些作品则全靠作者一人（女人的形象）完成，不借他人之力，在这种情况下，社会是被施加的意义，通过对自己或者别人的书的安排、周期性的出现等表意。

但是在帕特莉的梦里，这种从建筑展开的类推还有进一步的发展。在非洲，有一个很有意思的矮人种——俾格米人中的木布提族，是个游牧民族，没有一族之长，也没有等级秩序，每个人管好自己，大家管好集体，就此相安无事。他们的部落不大，大概二三十家。如果要安营扎寨，就在丛林里找一片空地，围成一个环形。在人类学家看来，这是平均主义社会的典型特征；茅屋环形的圆心空着，学者们也脑洞大开：如果不是从飞机上看，怎么知道这是个环形呢？木布提人当然不会飞，那得生下来就带翅膀，另一方面，圆心也不是真的空：那是形成中央的空间，人类学家所谓“谁在中央讲话，会被所有人听到”，隐隐指向那种梦幻的腹语术。木布提人的茅屋就像是同位素壳层模型，在任何一点都可以开个洞，开的地方就是门，朝着和他们关系最好的邻居家。要是女主人出于这样那样的原因讨厌邻居了怎么办呢？不成问题，他们会封上这扇门，再开一个朝向另一边邻居的门。但是，记录这种情况的研究人员没有发现这种系统的后果：一个善于社交的木布提人住所可能全是门，也就是说，没有“家”这种东西了，那么反过来，一座完整的家是在邻里敌对的基础上建成的。

跟他们相对的是布须曼人，也是不定居、住所呈环形的民族，但这个环的中央是有东西的：围着一棵树，树下是部落首领的住所，门前还点一团火。木布提人缺少的不是一个中心，而是一个象征符号。这种符号的从无到有表明了象征意义的积累：树、首领、火……或者也可以是一朵玫瑰、长颈鹿干尸、沉船、一只偶然停在第三帝国间谍耳垂上的苍蝇、一场大雨或者萨莫色雷斯胜利女神像的复制品。

这些小黑人很好玩，但是在祖鲁这个非常严肃的民族里也发生着同样的事。祖鲁人是猎手，是战士。谁要是运气不好撞上他们（比如拿破仑三世和欧仁妮皇后的儿子），就能见识他们的半圆弧阵型，凹面对敌，先“包”住再消灭。这种阵形取自祖鲁人的狩猎方式，也延续到群落的规划中：一片半圆弧的茅屋。在前两个层面，从打猎到作战，有一种现实—象征的走向，同时又不失实用；不是说一个层面出现在另一个层面之后，两者可能是同时的，甚至说不定祖鲁人追捕肥美斑马的策略，是源于在法兰西第二帝国皇太子身上特别奏效的办法。至于他们的营地，也就是说建筑方面，不管建没建成（不光要注意那些茅屋，也要考虑他们的阐释和意图），却造成了一种从象征到现实的回归，因为生活是现实的，祖鲁人除了捕猎打仗还得生活。

据推测，他们这么做是不自觉的，并非有意为之，就像做梦一样。在他们村子中央的空处，有一种血腥的吸引力，一种纯粹的优雅。

已建造还是未建造的建筑学核心，使之有别于其他类比的关键，在于时间向空间的逃离。这种逃离就是梦（因此帕特莉的梦是一种建造，并不是她随心所欲）。除了寓言，人都睡在家里，就算家还没有建好。这个事实是定居生活的精髓，大概也是最根本的。定居或游牧的习惯由时间确定下来，而梦不受时间约束。梦是纯净的空间，是对人类在永恒中的安排。这种排他性使建造成为一种艺术。从这点出发，"未建造"这种无时间的思维活动，摆脱了"可能性"的领域，不再是想要做出这种那种冒险设计却不被资助的建筑师的个人失败，变得绝对，连已建造和未建造的混合也变得绝对。帕特莉在顶上睡觉的这座建筑，它未完成的状态和室内设计师想在里面做的所有改造，便是这种混合的真实范本。它离绝对只有一步之遥，就差一个熟练操作，从砖块、水泥和金属中的每一个原子里排除时间。这个女孩做梦正是带着这样的企图。

好，如果未建造或者它参与其中的混合状态可以被认为是一种"思维"现象，就像梦或普通的意识活动，那么头脑可以视作独立于以建筑为典型代表的未建造现象。

在一些社会里，未建造取得了近乎压倒性的胜利，比如澳大利亚土著，列维·斯特劳斯所谓“乡下的老处女”。这些澳大利亚人什么都不建造，只是清醒着思考和梦想他们居住其中的景色，直到以故事的力量从中建造出一些完整的、有意义的“建筑”。这个过程并不像想象中那么怪异，文明社会中也每天都在发生：“头脑中的城市”，就像乔伊斯的都柏林。这就让人想到……未建造的建筑，会是文学吗？文明社会中的城市规划不断加强，直到清空它的象征功能；如果说原始游牧社会中，群落的布局填补了房屋建造没有达成的象征（也就是说社会性），那么在现代大都市中（其建设需要调动全社会所有能力和潜在竞争力），规划重复着一个已经被填补的功能，最终又失掉了那项功能（更多的是一种象征侦探的功能）。或者应该说，留下一种“空洞的象征意义”，一种没有任何现实需要的象征能量。想想尼亚斯岛和他们的神明，互相对立的双胞胎，洛瓦拉尼（Lowalani）象征着正面的力量，罗图雷·达诺（Latura Dano）象征负面。根据尼亚斯岛的说法，世界分为九层，最高一层睡着洛瓦拉尼同他无名的妻子（我们就管她叫帕特莉吧），一个中间和解的形象。尼亚斯村庄的布局就“再现”了这种结构，当然是平面上的，比如右边代表高处、左边代表低处之类。现在，尼亚斯岛人所没有建造的（但只是出于对未建造之否定的否定）“水平财产权”大楼，将直接反映这种象征意义。由此可以推断，一种建筑总是对应着另一方的非建造。同理，还有马达加斯加当地人制作的玩具木质模型，好几层楼里塞满小人和动物，非常漂亮。如果说这些模型代表着什么，那就是“儿童之家”，非建造的另一种形式。

但那些澳大利亚人呀澳大利亚人，他们怎么做、怎么构建自己的景观呢？首先找一个原初的建筑成分，人对它不过是一群阐释者：某种神兽，活跃在“梦的时代”，也就是原初的时代，名字都已经散佚不可考。万物沉睡。在梦的时代，如果把当前可见的景观视为结果，那就还能看到其起因，比如蛇在平地上游动留下的曲折痕迹，等等，等等。这些“赶时髦的”，这些“老处女”，这些好奇的原住民在事情发生的时候闭上了眼睛，这使得他们能看到事情在人世间的样子。但他们所见也是一种梦，醒就是发梦，真正的历史（蛇，不是山丘）在他们睡着的时候发生。

梦的时代，作为赋予意义者，或者意义稳定的保障，就等同于语言。但是，那些澳大利亚原住民要一个等同之物干什么？难道他们没有语言吗？也许他们想要一种象形文字，埃及人那样的，是用脚下的泥土制作出来的。

澳大利亚几何的要素简单有效：点和线，再没有其他。

穿越荒野和森林时，点和线分别对应停留和行走；凭借一条线、一个点，一年之中穿过许多点、换过各种方向的线，一幅广阔的图被绘制出来，那就是目的地的反映。但这里有个非常特殊的问题：通过点，某个特定的点中之点，人可以像女裁缝的针一样去到另一边，梦的一边，于是线的属性会发生变化：补给之路变成神话之路。这就给了那幅路线图第三个维度。问题是，通过点的穿越每时每刻都在发生，没有特别的点（比如研究者认为水井是穿越的点，井当然是，哪侧都有，路线上的每个点都是，但井只是通道的一种模式），补给之路总在变成神话之路，反之亦然。那些穿越到另一边的点有一点梦的成分，但不是梦的时代，更多是梦的工作。人并不经由一条奇异而危险的路进入梦的时代，而是凭依日常的、四处游移的动作。

为了象征那个点，澳大利亚土著有"神圣立柱"（当然，这只是一种说法，跟神圣没什么关系），随身携带，每当夜幕降临时就插在歇脚的地方，像比萨斜塔一样微微倾斜，指引着第二天要走的方向。立柱饰有与神话之路相关的雕花，由此表现出跟休憩有关的两个相反主题，停留（被立柱所在的位置标示出来）和行走（由倾斜和雕花所代表，也就是双重的代表，因为行走有两面，补给之路和神话之路，而点只有一个，就是路线上的点）。

但是帕特莉的梦走得更远、更高，朝着不同的系统，每个系统越来越新奇和怪异。对于这么多生活无忧无虑的原住民来说，景观的建造有时候已经简单到了极致，比如一些波利尼西亚的岛民，对他们来说，需要考虑的所有景观只是大地块，或者从海里冒出来的珊瑚礁，可以说都是些随波逐流、漂着的东西……对他们来说很好办，拉两条实用的而不是想象的线，一条从岛往下直到海底，像锚一样，另一条从岛往上直到天顶的一颗星星，保证小岛永不沉没。

波利尼西亚人的这种方法和其他方法比还是复杂，尤其那些虚拟的，从人类产生、奔着思维去的方法，同时也是一条起伏着梦的路线。

“未建造”之后，作为逻辑上的构成形式（也就是说，产生于未建造之前），就是“建造”了。实际体现上，建造就是装饰。在建筑学上，装饰总是意味着一种拓展，拓展一切、所有东西，最后唯一保留的就是拓展过程本身。在农业社会里，财富的积累和对社会不平等的管理，使得建筑具有“人造世界”的特点，这个世界里，特权者被社会地位封藏起来，不管什么地位（甚至是最低等的贱民）。这样一来，真是矛盾，建筑成了“真实的”；如果到那时候的世界、景观、领土，都是人的微缩工艺模型，梦中的小灯笼，相反的阶段就会到来，拓展的阶段，装饰出现的阶段，一切都是装饰。

“真实的”建筑，也就是装饰元素之发展，跟积累物资的可能性直接相关，为干活的劳工或奴隶们积累物资，他们干活，没有时间去打猎或者采集食物。这些积累导致了不平等。有一种机制可以减少过量的积累、调节财富分配（如果没有调节就不存在财富），叫作“夸富宴”，这是一种庆祝会，提供各种各样的食物、饮料还有其他东西，任人一时疯狂地挥霍，直到把东西消耗到让人期待的程度。这种宴会，联想到艺术瞬间的、消耗性的形式，以其浮夸和丰富，实现了尽可能吸引来宾的功能；参与人的数量对艺术表现来说很重要，因为艺术不会在时间里永远存在，需要被尽可能多的人及时欣赏。艺术表现有其内在的经济运行规则，各种形式，这是这种情况下的。

显然，这种“夸富宴”是聚会的史前史，其发展的谱系很容易把握，随着时间的发展，必然会出现一种替代形式，不再追求更多的人出席，而是特殊的、重要的人出席。这是社交的细致化。这一过程的逻辑结果就是一个人的宴会，最终模式就是做梦。

在帕特莉的梦里，耸立着何塞·博尼法西奥大街那栋楼。一动不动，但同时服从于一种内部的运动，间歇性的。

忽然起了一阵风，典型的梦里的风，典型到可以说梦就是风，把楼吹散成了骰子大小的方块儿。这是要进入动画片世界啊。楼在另一边重建，以另一种形式，一种原子的重新组合，然后又碎裂了，风带走它的微粒，其中一颗落在帕特莉睁开的眼睛里，刹那间，在其显微结构中显现出一整座房子，里面所有的房间，所有的家具、烛台、地毯、玻璃，还有在星星的风中转动的金色通风扇。

下楼两个小时之后，埃莉萨·比库尼亚拎着几个满满的购物袋爬着楼梯。气温丝毫没有下降，相反，正是一天中热得让人怀疑人生（气候对人有什么恶意?）的时候。最后几层她是一个人上去的，因为胡安·塞巴斯蒂安和布兰卡·伊莎贝尔找到藏起来的小车，重新玩了起来，倒不是有多想玩，只是害怕妈妈让他们睡觉。其实危险解除了，午睡时间已经过了，但是出于怀疑又不想服软，两人还是跑了。他们在一家有空调的冰激凌店里很是愉快地待了一会儿，这小憩让她振作不少，但店外面的反差让持续的热度显得更痛苦。埃莉萨看到大女儿睡着了，没有叫醒她，自己去厨房把买的东西从袋子里拿出来。什么都不用放冰箱，因为他们没有冰箱。然后她开始洗衣服。他们也没有洗衣机，但她并不是特别着急这事儿，虽然有一个也挺好。实际上她很喜欢洗衣服，除了漂白剂以外，在肥皂和各种特殊的清洁剂上也花费不少。奇特的是，如此爱好这种消遣的一个人，手却并不怎么粗糙。谁管那两个小鬼爱不爱睡觉！她今天也没睡午觉，不想睡。出于种种原因，衣服已经攒一堆了。她把两个盆和两个塑料桶装满，开始混合几种不同的洗涤产品，最后总加上一大股漂白剂。先搓洗孩子们的T恤吧。她有点消沉：因为热，为从早上就开始的忙活，还有之后的年夜饭，她丈夫，等等，等等。这不是一时的情绪。她有一阵不高兴了，因为没按她的希望，更确切地说是她的计划，搬成家；丈夫受到了奖金的诱惑，说待到完工就给。今天她想，这会儿应该在另一座房子里的，不是那边就比这边好，只是她拿定了主意，不喜欢——没人喜欢——事情不照着来，尤其好像她的想法没人在乎没有价值。她可以用那笔钱买点东西，但这不足以抚慰她：钱、买东西，这都可以解释，她想要在年底搬家的想法没法解释，好像是她突发奇想。而且做决定的是劳尔，他今天会喝醉两次，还得有一次。他经常一天来两轮，午饭和晚饭。他的肝脏可真够强大的！她想着。不可思议，一个铁人。酒鬼的耐力一般优于或至少是异于常人，她喜欢这种被超常的力量保护的感觉。还有什么？她喜欢她丈夫的很多地方，她不想抱怨，哪怕只是心里闪念。她也想象不出比如跟一个不喝酒、总是清醒的人结婚是什么样子。

她把帕特莉的衣服浸进水里，思绪也飘向了她。对这位母亲来说，帕特莉的确是个更让人担心的由头。她从来没见过这样一个迷茫的姑娘。没人能预见帕特莉以后会怎样，她更不能。当然有年纪的问题，但这也让人不放心。她做什么都半途而废，没有恒心，也没有真正喜欢的东西。谈恋爱也好呀！埃莉萨一边机械地洗着衣服，一边一步步分析起这个问题。跟很多智利人一样，她有个无伤大雅的秘密习惯，就是向一位幻想出来的对话者——说得更确切些，一位真实人物，但只存在于她头脑中——长篇大论地进行分析。她的谈话对象是她的一个女友，多年以前他们搬来布宜诺斯艾利斯就没再见过面。这不重要：她向女友讲起了大女儿的情况。你看，她在心里说，连空手道她都没坚持下去，虽说是我丈夫头脑一热叫她去学的，也不太适合她，但好歹叫她有点事做。她以前还磨得一手好珠贝纽扣，结果却也没坚持多久，不过这倒不能怪她，主要是我们搬到这儿来了。但学校又怎么说呢？也没上下去，因为她不想参加水平测试。她想当电工，荒唐！就跟我说我想做个电工一样离谱。核心问题是，她向不在场的朋友解释道，引出所有这些的：帕特莉太浮躁了。这世上还有哪个姑娘比她更浮躁吗？估计没有了。她从来不认真对待那些严肃的事情，因为她对严肃的定义完全是两回事。她活在一个反向的世界里，这个爱做梦的小东西。她不是不聪明，但太浮躁，以至于显得傻气。她有天赋，很有天赋，不说别的，在缝纫上就能看得出来。如果需要，她现在就完全能靠这手艺养活自己。这让她的前途多少有点希望，虽然微茫，因为缝纫也是个轻浮的行当，只看结果，不管意图，那可是千变万化的，这方面帕特莉简直取之不尽。六年前，布兰卡·伊莎贝尔出生的时候，帕特莉不是争赢了她，自己给妹妹取了名吗？“布兰卡·伊莎贝尔”是个著名时装设计师的名字，阿根廷人，但母亲是智利人，姥姥还是劳尔·比尼亚斯爷爷的干亲。埃莉萨本来想选“马鲁克萨·杰奎琳”的，后来小女儿出生，终于或多或少满足了愿望。

一阵好像癫痫发作的感觉打断了她的自言自语，她经常这样，觉得有人从她背后经过。现在厨房里、她背后，没有也容不下第二个人，但从敞着的门能看到屋子到楼梯那段有十个鬼魂，盯着她。这些一身是粉的小丑在那儿干吗？她在心里恼火地问。她不喜欢跟闺蜜聊天的时候被人打断，这位密友只存在于她的内心而不在任何别的地方，这就又更亲密了几分（埃莉萨不知道她的朋友几个月前已经死于康塞普西翁一场惨烈的火车脱轨事故）。况且已经过了他们活动的时间，现在一天二十四小时都得对着他们了？

还是说今天情况特殊，因为是一年的最后一天？后一种比较有可能，瞧他们看她的样子：一张张蠢脸上眼睛睁得又大又圆，像要对她说点什么，提点建议。这不合理，鬼魂是给人看的，怎么乱看人，而且，她在厨房里相对暗的地方，从外头应该根本看不见她。不过这也不好说，因为哪怕是一点点的光都可能在她的厚眼镜（屈光度有十二）上凝聚或者反射出来，即使她身体的其他部分都藏在黑暗里，外边还是能看见两个闪光的圆圈，像夜里悬挂着的猫头鹰的眼睛。以前就发生过这种事。不管怎么说，她确实看到了他们，这大概也是他们看东西的方式。但她是真的看见了他们呢，还是在做白日梦？啊，这就是另一回事了。在厨房里洗衣服看见十个垂着阴茎的裸男，严格来说并不是一个人能经历的最现实的事。当然，对于一个像她这样的已婚女人来说，这情景还有特殊的意义，更像一种确认而非预兆：所有的男人本质上都一样。他们没什么可隐藏的。他们不光长得一样，价值也一样。他们用处很大，没错，但太多人都有这样的用处，多到难以想象，好比说“全世界的人”。她只是遗憾鬼魂可能给孩子们造成的恶劣影响，比如她那浮躁的女儿，一个活在空中楼阁里的姑娘，看到本不可能发生的某些景象也许会让她产生错误的想法，认为那种现实无处不在。幸好他们很快就要从工地搬走了。

如果丈夫当初听了她的，他们早就已经搬走了。这期间，那些混蛋一直看着她。或者其实是她一直在盯着他们？她不再看了，继续洗起衣服来，比之前更加专心，因为她一走神可能就会多倒漂白剂。她老是倒太多。

快洗完的时候，帕特莉突然在她旁边冒出来，把她吓一跳。天哪，乖，你进来我都没听见，她说，掩饰着自己的慌乱。我才睡了一会儿，你看就成啥样了，帕特莉说，给她展示自己的手臂、肩膀、脖子，全是汗。她俩抱怨了一会儿天气。那个，帕特莉说，要是没事，我有点想洗个澡。不，不碍事，妈妈说：我正好要洗完了，你看，你等我把这个过完水……行了……看这凉水唰唰流的……我一会儿也洗一个……还有这个……成了。她关上水龙头。你现在去吧，希望小的们别醒。她们这一通小心，是因为一个龙头出水，另一个就出不了，同时打开两个，两个就都没水。这是他们住进来之后慢慢发现的。应该是管道系统有缺陷，或者说整栋楼工程设计的问题，等全部入住了，后果会很严重。劳尔·比尼亚斯觉得最好不要告诉建筑师。他知道干吗呢？让自己日子难过吗？这个智利人认为反正缺陷也没法弥补了，没必要去多嘴。他们倒是应付得很好，关一个水龙头再开另一个，要用东西好好来嘛。业主们进来之后就没那么容易了，不过他们一家到时候也走了，不用看那出。帕特莉去了浴室，打开花洒。埃莉萨听到平缓的水声。她拎着洗好拧干的两桶衣服出去，走到他们房间跟游戏室、游泳池中间那块空地，她在那儿拉了一根晾衣绳。这个时间，阳光已经开始减弱，但仍然是压倒性的。衣服很快就能干了，她想。可惜没一点风。鬼魂们还在转来转去。现在他们散开了，数量却变得更多，有些习惯性地坐在锅盖天线锋利的边缘上，看见的人会很惊讶，但鬼魂自己当然感觉不到它的锋利，甚至连他们坐的状态都是假的，埃莉萨注意到，因为他们“坐”在整个边缘，包括锅盖下面，有些实际上是头朝下的。也许这个时候鬼魂身上有点什么不同，埃莉萨第一次在心里严肃地考虑起了这件事：鬼魂很像人，没办法把他们当人，但是有没有可能把他们看作真正的人，知道那是个映象。晾衣服的时候，她想，现在有不少人可以使唤，关键是要挑一个合适的。怎么挑呢？她跟假想中的闺蜜争论起来，带着同样在假想中的笑容说，不是没有男人，是需要的时候总抓不着。她挂好衣服，阳光已经让她犯晕头疼了，她看也不看那几个东西一眼，躲开太阳的光芒，从餐厅门钻进家里。她掩着门没关上，希望有什么风能吹进来。她到卧室里看看，劳尔·比尼亚斯还在酣睡，两个孩子也睡得很沉。她把卧室门也留着，打开了电视机，音量没开太高。帕特莉从浴室里出来，湿着头发，全身清爽，面带微笑。这就好多了吧？母亲问她。是呀，你看，我巴不得在水里待上几个小时。乖，等到我们给泳池蓄上水……哈哈……你就泡上一整天。帕特莉问，已经开始了？不知道，我刚打开，找找，应该正要开始，我觉得。

每天六点她们都要看一部电视剧。她们不傻，承认这部剧水准很差，但没关系，她们还是喜欢看，跟上剧情就行。怪的是她们怎么都跟得上。埃莉萨认为，女人天生就活在故事里，有趣的故事，被故事意想不到地包围、遮蔽、淹没。最近几年里母女俩看了很多很多电视剧，可以肯定，这些剧没什么区别，但她们也不后悔看了。剧情总是建立在怀孕和钱上，联系两者的是一个突然暴富的女人，超级有钱，能让之前搞大她肚子的那个男人消失。好看就好看在“多余”和“重要”之间不总能达到平衡。作为一个有阅历的女人，埃莉萨很容易做到视钱财为次要，着眼于其他问题；从相对到绝对，这让她感觉幸福，虽然一切不过是虚构（对她女儿来说就很不一样了，尽管同样满意）。像每天下午这个时候一样，她俩坐在电视机前看埃斯梅拉达的故事，一个被私藏在哥斯达黎加马黛茶园里的女奴，一跃成为阿拉伯半岛广阔的油田之主，她们边看边讨论情节。埃莉萨试图让女儿理解某些事，那些她固执地不想理解或者只是用她自己的方式去理解的事，像搞了个私人小学校，就是没什么教学效果，虽说这事谁也说不好。比如怀孕这事，角度就比表面上看到的多。埃莉萨在帕特莉现在这个年纪已经怀孕了，怀的就是她，对象是她说的“世界上最好的男人”。之后这个人从她的生活中消失了，连同她大部分的童年回忆。男人就有这种毛病：不定。但是妈妈，帕特莉提出异议，我想找一个最后能和我确定的人，像埃斯梅拉达一样。最后，是啊，最后，埃莉萨强调了一下。最后……也有可能。但是以前不容易，因为，究竟什么是怀孕呢？她指着电视屏幕：那个女演员在故事里真的怀孕了吗？当然不是。对真相谎言、现实虚幻一定要小心，这里面经常混为一谈。帕特莉问：那你不是真怀孕了吗？还是说，你也是个影子，一个假设？母亲笑了。是真的，她怀孕了，对一个未成年的女孩子来说，多严峻的真实。但是一切事物都有它的另一面，这真实里也有沉默和猜测，比如她从来没向父母坦白过谁是“世界上最好的男人”。他们的猜测是错的。其实，她在两集中间的广告时间想想说，其实她自己的猜测也是错的，因为没过几年，劳尔·比尼亚斯就出现在她的生命中，一切都变了。

这就是了，帕特莉说，好像找到了最有力的论据：他不是确定的那个吗？对此，妈妈报以一笑。周围所有人都知道这对夫妇有多恩爱，完全是一对模范夫妻。也正因为这个，她才会有点回避。要是女儿为这点感到疑问，她很抱歉，但也没有办法。有些事情需要时间才能明白。而且，她还是第一个指出她丈夫缺点的，比如好酒。贪杯没什么可说的，跟其他恶习一样缺乏正当性，但是埃莉萨想到一些不错的解释，比方说劳尔·比尼亚斯在一杯又一杯，一轮接一轮的喝酒中逼近无限。人说这就叫海量，有什么不好呢？渴成这样或许很可怜，但对于没有这个渴望的人来说，场面相当壮观。再说了，世上像劳尔·比尼亚斯这样快乐的人已经不多了，至少在智利不多了（如果当时听埃莉萨的，他们也不会离开这个国家）。快乐总是带来更多的快乐，圆满。

但是我们很穷，瞧我们怎么过的，帕特莉指着这个炎热的未完工的小公寓说。孩子，这不重要。你觉得什么重要？我们不健康吗？吃得不好吗？不是有可爱的孩子在身边玩，有善良的亲戚朋友爱我们吗？唉，你也太乐观了。帕特莉露出难以置信的表情。母亲笑了。看见了吗，孩子，看见了吗？我运气很好。别开玩笑了，妈妈。不是玩笑，亲！唯一要做的就是找到一个真正的男人，哪怕他集世上所有坏毛病于一身。一个真正的男人。一个真正的男人。她机械地重复了两遍，然后两个人不说话了，因为电视剧又开始了。美艳不可方物的女主角签下一份凡尔赛宫产权的合同，法国社会党政府为了筹集资金发展高科技，把它卖给了女主角。莫名其妙，帕特莉小声说。像我们的生活一样莫名其妙，母亲听见了，眼睛还盯着屏幕。女主角以为她的爱人，一位日本大亨，在飞机紧急降落亚速尔群岛的时候死了，但她们通过一些常见的伏笔知道他会再次出现，知道门一打开，那个日本男人再出场……她俩都会掉眼泪的。

大约七点的时候，剧集结束了，又留了一个大悬念，埃斯梅拉达的肚子（其实她整个人就是一台生殖机器）。她们关掉电视机，听到有吵闹声在往上来。他们来了，埃莉萨宣布了可能性之一，因为晚餐的客人现在就到那也太早了。话说回来，“晚上的客人白天到”，要真是这样，她说，他们会得到多周到的招待啊，全家一半人都在睡觉。几秒钟，她们听出了孩子们的声音，还来不及从椅子上起身，胡安·塞巴斯蒂安一路跑进来，嚷着“看伊内斯姑姑给我带的东西”“每人一个”“这个是我的”等等，等等。妈妈急忙打手势让他小点声。这孩子嘴里像安了个喇叭。没见你弟弟妹妹正睡觉吗？好好，行，他也急忙让步：她们得理解，他一心想着礼物呀。胡安在桌上摆开了四辆塑料小车，一模一样，连颜色都一样，红色。布兰卡·伊莎贝尔跟着也像一阵暴雨冲进来，心急火燎地。这辆是我的！他们又大声喊起来，没办法。肯定是老大自己先打开了包裹。他们一人抓住一辆，虽然小车一模一样，但能趁另外两个孩子睡觉先选，就好像占了多大的便宜。两个小的好可怜，回头发现只能从别人挑剩下的小车里面选一辆，竟然跟他们先抢的完全分辨不出来，惊不惊喜意不意外！大孩子们对胜利扬扬自得。门大敞着，埃莉萨走过去，等她的小姑子。或许是受电视剧里拖拖拉拉闪亮登场的影响，还是可能孩子们上来得太快了，像坐直升飞机一样，伊内斯半天都没出现。埃莉萨的好奇还有一点，小姑子说好要和男朋友一起来，家里人还没见过他呢。既然来了，怎么没听见说话声，还是看房去了？或者伊内斯先来帮忙，她男朋友晚点到。

终于，非比寻常的伊内斯·比尼亚斯出现了。她果然是慢慢爬上来的，连口气都不喘。怎么就你一个人，埃莉萨一见她就问。罗伯托晚点过来，亲爱的，我先过来帮你的忙。干吗这么客气啊，等等等等，贴脸的时候也还在说。两个典型的智利女人，没有之最，得把她俩放在一起才能看出有多智利，简直像漫画，尤其长得一点都不像，所以一致的地方才更明显。伊内斯·比尼亚斯很娇小，皮肤更偏油橄榄色，头发是更亮的黑，脸颊深陷（埃莉萨·比库尼亚的脸鼓鼓的，有点婴儿肥），跟她家人和同胞的保守程度比，算相当漂亮甚至招眼了。她的白凉鞋不错，蓝色棉T恤搭一条印度长裙，戴着长长的耳坠。你这身好美啊。你更美。没有，你更美。就你，打住吧，我咳嗽呢。咳嗽?是呀，这种天我就爱闹肺炎。亲爱的！看见你我就高兴！嘿，帕特莉！帕特莉也完全是智利款。她们三个站在一起就更明显了。你洗头啦?你看我现在头发多丑。哎，我比你的丑多了。哎，不是，你们这些小东西，说了别吵！两个大孩子想把那两辆玩具车也带走。不行，埃莉萨·比库尼亚说，放这儿。拿去吧，不用这么可怜，伊内斯·比尼亚斯说，我过会儿把它们再包起来。你以为呢，坏小子已经把纸扯破了。它自己破的！老大大声喊。他们在睡觉?客人放低了声音，尽管和所有智利女人一样，她的声音已经很低了。还有你哥，埃莉萨说。三个人颇有风情地笑起来。是真的觉得很好笑。下午七点还在睡午觉?好，你们去吧。妈妈对他们说。你看我多蠢，买了四辆一模一样的，我不知道该给他们买什么。亲爱的，没必要这么麻烦的。这叫什么麻烦！所有人都一样！亲爱的伊内斯，你这主意已经够好啦。差点忘了，小帕特莉，我也给你带了点东西。给我?！哎，埃莉萨，罗伯托会带酒过来……你真是太好了！你当我还是个小孩子吗?拿着，一个小玩意儿。帕特莉小心翼翼地拆开包装纸，发现是个彩珠手镯，高兴感激得无以言表。她立刻戴上，很般配。多叫人喜欢的小镯子啊！她们开始扯些闲话：好热，是不是？伊内斯·比尼亚斯说。就没凉快的时候，你说是吧？她嫂子表示同意，又反问道。这里应该有风吧。你才错了呢。没风吗？有是有，偶尔刮一下。是这样的。我就不明白了，伊内斯接着说，你们怎么住到这个大鸟笼子里来的。她们都笑。

孩子们在活动，小闹了一会儿，哼唧着醒了，埃莉萨说，进屋把两个小鬼抱了出来，一手一个，都光溜溜，哭哭啼啼，并且汗津津。姑姑笑着亲了亲他俩。她有办法让他们安静下来，两个孩子虽然还小，已经能听懂“礼物”两个字了。两个玩具车被重新包装过放在桌上。先给他们冲冲澡吧，埃莉萨说。我来帮你。不不，你别管，很快的……过个水就好……你看着吧。她进了浴室，往孩子们身上淋了点水，他们立马醒透了。帕特莉，她在浴室里喊：你去把那俩叫来吃点心。帕特莉去了。哎，哈维尔也来吗？马上就来，埃莉萨回答，全家都来。两个孩子湿着头发，被放在桌子上，埃内斯托开始拆包装。伊内斯姑姑逗他们，小姑娘好小好甜。看哪，她一直在笑！多可爱啊！埃莉萨在厨房忙活。我给你帮点忙吧？小姑子问。不用，我把鞋给你，你给他们穿上。鞋子在哪呢？等等，埃莉萨边说边走向卧室，我给你拿来。拿到鞋子，伊内斯问：你男人还睡着呢？啊，睡得跟一截木头似的，轻易不会醒。两个大点的孩子进了屋。这就把车摔坏啦！妈妈说。没有，没有！你看！他们把车举起来，还好。帕特莉悄悄地走进来，一直盯着手上的镯子瞧。伊内斯·比尼亚斯给孩子们穿好鞋，叫他们坐到椅子上，愿意的话可以拿着小红车（但是胡安·塞巴斯蒂安说最有意思的其实是撞车），妈妈给他们每人一大杯牛奶。这么说来，伊内斯看着杯子说，你们买了冰箱……没呢，他们准备借我们一台。这种牛奶比较特别，不需要冷藏。啊，对，我知道，伊内斯说。

点心已经上桌，大家正吃着，伊内斯·比尼亚斯忽然评论说：上次来，还不到十天，每层楼还都一眼能看到头，今天上来的时候……啊，你看见了吧，嫂子打断她，大部分隔断都砌好了，差不多快完工了。那能去看看吗？看什么？那些公寓啊，亲爱的。去！房主不会来吧？怎么可能，今天，这个点？而且，帕特莉插了一句，今天早上他们都来过了。是吗？干吗？我不知道……埃莉萨说，他们可能碰了个头。你可不知道早上多少人，我们躲在这儿，他们不停地进进出出。

她们叫孩子赶紧喝完牛奶，准备下去看看房。其实根本不用说，孩子们早就三口两口地大口喝着，想跟她们一起去。大家有说有笑地下了楼。她们凭现有的部分猜测着布局。顶上几层进度最快。帕特莉有点惊讶地听她们聊，她从来不会想到这些。她知道这几个房间是卧室、饭厅、厕所、厨房，但是从来没有细想过。那两人甚至做起了想象中的改造：要是我，就把这儿当卧室，不放客厅。她们说起各种计划，嘻嘻哈哈。一个说要挂大窗帘，另一个回说，住这儿的好处就是没有邻居偷窥你。她们一路说着，从七楼下到六楼，又从六楼下到五楼。这层她们喜欢，那层稍微差点儿，另外一层不如这个但比那个强……看看土豪是怎么过的，伊内斯说，他们还会在上边玩水吗？埃莉萨仰头望向天花板，一时没有反应过来，直到想起那个游泳池。是啊，她说，屋顶还有游泳池！要不是亲眼看见，或者说亲眼看见它修出来，我都不信。真想得出来，伊内斯说。是不是想得出来？帕特莉说，几乎没怎么插话。总有你不敢相信的事，伊内斯说，不服不行啊，亲眼见到的时候。没错，帕特莉表示赞同。

于是，她们一边有条不紊地每层从这头走到那头，一边谈起了两个让她们热衷（这种热衷可以理解）的话题：医疗和婚姻。伊内斯·比尼亚斯支持顺势疗法，每次有机会就热烈宣传。她聊她认识的那位顺势疗法老医生，就像一个无所不能的萨满，说话简短稳重，特别有范儿。妯娌埃莉萨也不是拥护对抗疗法（纯粹是商业行为，信不得），但她倾向于常规的东西，别的不信。有人就是不信这些，她说，她就是其中之一。你努力试试啊！伊内斯说。如果努努力就能信，那我早信了，就冲让你高兴也值了。埃莉萨回答。好吧，别努力，信就是了！另一个又回，还是得努力的，不信只是因为做不到。搞不懂你，亲爱的埃莉萨，我已经尽力了，来，跟我说说，假如你试试呢？可以说，整个对话都过于抽象，因为她俩谁都没病，也不想病。大概正因为这样她们才能理论起来。你看，伊内斯，顺势疗法或者其他随便什么神奇疗法，都只对相信它们的人有用。大错特错，埃莉萨！有很多不信它的人也被治好了。是吗？之后他们也没信？当然信了，不然呢？我说的就是这个：还是得信，不管之前还是之后。但是之后和之前不一样！都一样，得有一个不信的，治好了还不信的人，才能说服我。这不可能！对呀，你也这么觉得了吧？

她们也用这种方式谈论着婚姻。这个话题上少有分歧，就算有也很细微，因为所有的，或者说几乎所有的女人（所有她俩认识的），不管早晚，都会结婚。这是更广泛的顺势疗法，信不信的问题，信的指针疯狂乱跳，这里那里，没有方向。帕特莉认真地听着，没有参与对话，只是时不时发出个单音节词，或者附和着笑一笑。伊内斯感觉到了这份关注，若有所思地看着她。

等到她们看够了，评论够了（善意的怀疑论嘛）这座巨大的高楼，她们重新往上，嘴巴还一刻不停。仔细想想，这也可以成为一种神奇信念的对象：相信话题总会冒出来，接二连三，永不枯竭，就好像这些话题没有内容，只有形式一样，因为内容总是有限的。这也就是说，可以认为生活里充满了皱褶。上了楼，尽管已经傍晚，天还是那么热，女主人突然想起还有一样东西没买：冰。她本来想着最后再去买的。埃莉萨拜托帕特莉帮忙跑一趟。帕特莉去拿购物袋，还要从零钱袋里拿钱。她边走边想：我们的钱是从哪儿来的呢，一直在花，总还有的花。她妈妈出了名地善于持家。她是挺擅长的，但这名声可能有什么误解：看到这家人褪色的衣服，亲戚们都以为埃莉萨无比精打细算。他们是不明白衣服都褪色到了发白的地步，都旧到这个份儿上了（其实可能上周刚买），怎么还能这么完好：可不就是埃莉萨小心谨慎嘛！帕特莉拿着袋子和钱回来的时候（她们在游泳池这个大坑边上，正在欣赏这个巨大的奢侈品），伊内斯·比尼亚斯说陪她去。不，不用了，帕特莉回答，很近，就在转角。那我们就买两袋呀，饮料能更凉，伊内斯笑着说。不用麻烦，不用麻烦，母女两人连连摇头，伊内斯仍然坚持，这么早来给你们打岔，总得帮点忙。

两人下了楼，街上终于开始有点生气了。伊内斯问帕特莉在这儿有没有朋友。没有，她回答，我都不怎么下楼，像现在，整整两天没下楼了。伊内斯吓一跳，怎么可能，你这样怎么找男朋友啊？帕特莉笑了起来，伊内斯也跟着笑了。

别笑，乖，我认真着呢，你刚才没听我和你妈说吗？听见了，但是我还不知道要和谁结婚。伊内斯沉默着走了几步，考虑要怎么回答。别说你不知道。为什么？因为你知道。帕特莉选择轻轻笑了笑。跟我说说，伊内斯打听，你不是处女了，对吧？不是。那，你不怕怀孕吗？现在轮到帕特莉考虑怎么回答了。最后她说：多少有点怕吧。这话说的！伊内斯爆发出一阵大笑。你整个人都很奇怪，小帕特莉！太怪了。帕特莉听着她笑，自己也笑。她们进店，买了冰，出来又聊起了爱情。这是世上最重要的东西，世上唯一存在的东西，伊内斯说。对对，当然了。帕特莉回答。你为什么说不知道要跟谁结婚呢？我真不知道啊！不过……她们默默地走了一段。街边的树像石膏像一样一动不动。好热啊！年轻的那个说。确实，是一股热浪，另一个回答，又补充道，这说明会来一场持续的暴风雨，然后天气就转凉了。是吗？我不信。是这样的。布宜诺斯艾利斯总这样，一件事，跟着另一件。我觉得，帕特莉带点讽刺地说，哪儿都这样啊。但是这儿，伊内斯说，这种规律最明显，而且从来不会错。什么不出错？下暴雨。啊……帕特莉看着蓝得纯洁无瑕的天空说。不，不是说现在，你看着吧。伊内斯突然话锋一转：有些男人是真的很帅。对，有几个我挺喜欢的。有几个我特别喜欢。好吧，我也是，非要说这么极端的话。但他们有可能只是玩玩儿的。没错，电视里老这么演。但那不是真的。可你刚才不是说……你看啊，我说的是他们有可能是玩玩儿的，她补充，什么都是有可能的。啊，这么说是。但是爱情当中真正重要的，是找到真正的男人。又来了，真正的男人！帕特莉提高了音量，我妈成天跟我说这个。她这么说是有原因的，我向你保证。什么原因？伊内斯耸耸肩。两个人拐过街角，看了一眼施工中的楼房，外观没有任何特别的地方。

这时候，一个典型的阿根廷美女从她们身边经过：举重运动员一样的宽肩，胸脯饱满，腰胯细窄（从正面看；侧面还是能看到肥大的脂肪臀），肤色很深，接近非洲裔，印第安人的五官里又有些东方气质，厚嘴唇鼓鼓的，黑头发微微透红。她穿一条短牛仔裙，露出一对健壮光洁的修长大腿，脚上懒洋洋地趿一双凉拖，手里吊一串钥匙。她俩又小又瘦，从她身边滑过简直像大象旁边的两只蚂蚁。阿根廷美女看也没看她们一眼；她那双日本人似的深色大眼睛半睁半闭，一副谁都看不上的表情。她们都这样，走过一段之后伊内斯·比尼亚斯评论说，你觉不觉得，如果她们找不到那个真正的男人，会一爪把他脑袋揪下来？帕特莉没说话，但接下来的一段路脑海里都萦绕着一个“无头真男人”的形象。伊内斯还说：我们就没有这种运动员的果断……衣服也是，穿什么都没她们穿得好看。这时候帕特莉压低声音说：我们跟她们不一样，我们是智利人。

进楼之前，伊内斯远远指了指停在对面人行道上的一辆小卡车，红白相间，很旧了，满是泥。那不是哈维尔的车吗？她问。是。都毁成什么样了！这么说，她俩想，他们已经到了。这很容易推断出来，不是吗？

不管怎么样，一进楼，这些疑问就都消失了：高处传来孩子们不是一般的吵闹，倒不是哈维尔跟他老婆有很多孩子（两个，肚子里还有一个），而是因为孩子们一旦聚到一起，就会产生成倍的噪音。现在，伊内斯说，要是有电梯就好了。她俩一人提着一袋冰。帕特莉看了一眼底楼主梁上挂着的电子钟：7：25。两个鬼飘在空中，每个延展着一根指针：因为这个点，两个鬼都倒挂着，像一棵圣诞树的形状。快点儿，不然冰要化没了，伊内斯说。不用这么赶！反正总要化的。

帕特莉脑子里还转着遇见阿根廷美女时的对话。上楼的时候她问：你不觉得她们更俗气吗？伊内斯·比尼亚斯不想显得太武断，其实从话里猜出了她的想法：嗯，孩子，你之前说得很好，是不一样。在我们看来，她们像原始人，野蛮，跟那些部落里的女人一样……举个例子，她们有她们的着装规则，这是我们欠缺的：你一眼就能看出一个阿根廷女人是结婚了还是单身，就好像她们结婚就剃光头发，或者拿一根骨头穿了鼻子之类的。相反，我们嘛……所有人看起来都像已婚妇女，或者说得好听点，所有人都像小姑娘，全都一个样儿。帕特莉表示同意，继续爬楼梯。

天台上的景象已经焕然一新，女性茶话会变成一场大聚会，嘘寒问暖，心照不宣，交换信息，还有男人之间的斗嘴打闹，一派欢乐的气氛。他们先从饭厅拿了几把椅子，放到天台上被旁边一座楼的影子遮住的地方，甚至以为有凉风了，虽然只是室外加高处的假象。冰块来喽！劳尔·比尼亚斯大喊。哈维尔·比尼亚斯站起来跟她们打招呼。他比劳尔要瘦一点，高一点（虽然还是很矮），更惹眼，更爱笑、亲切，但少了那么一点神秘，也许综合起来看，更普通。他拥抱了伊内斯，然后客气地跟帕特莉问好。家里所有人对帕特莉都非常礼貌。劳尔·比尼亚斯也站起来招呼伊内斯，不好意思刚才睡着了。哈维尔的妻子卡门·拉腊因接着一番客套，两个孩子巴勃罗和恩里克也在旁边候着，出奇地有教养。罗伯托呢？卡门问伊内斯·比尼亚斯。

他这就来。他们谈起罗伯托来。跟劳尔家不同，卡门和哈维尔已经见过他了，对他赞不绝口，伊内斯时不时谦虚地反驳两句。罗伯托是智利—阿根廷人，一家小规模卷烟纸厂的职员。他和伊内斯几个星期前刚订了婚，正在考虑明年年底结婚。明年，就在几个小时以后了。她的两个哥哥（她排行最小，小不少，劳尔和哈维尔是双胞胎）一直不放心地关注着他们的进展。家里添一个男人好像比添一个女人更重要，劳尔和哈维尔早就各自把一个女人领进家门了，劳尔还多加一个女儿，帕特莉，一个神秘的存在。事实正相反。不过表面现象要比实际情况更重要。他们翻来覆去地讨论，温柔和气，然而这并没有什么用，反正很快就能证明了（这就是时间的价值）。他们的谈话让三十米的高楼上热闹了起来。男人们的加入让氛围变得不一样，不那么智利（女人们单独聊天时候那种浓郁的智利气息），不显得那么自我流放，而是更国际。但同时在某种意义上，又更智利。这种事情让女人觉得男人还是无可取代的。

埃莉萨把购物袋拎进厨房去，卡门·拉腊因跟着她，于情于理问她用不用帮忙。埃莉萨果断地谢绝了。劳尔·比尼亚斯提醒她们拿杯子来，先碰一杯。你瞧，卡门说，你老公的眼睛都红成什么样了，跟生火腿片似的。埃莉萨大笑，她嫂子可是出了名的牙尖嘴利。埃莉萨解释说（万一需要呢），劳尔吃午饭的时候跟工友们庆贺了一轮。那就完全说得通了。当然有原因啦！然后话题一转：跟我说说，晚饭要做点啥？没什么，亲，鸡肉呀、沙拉呀，看看我买的。不错不错，卡门·拉腊因看也没看就说，这么热的天谁有胃口啊！对了，你家孩子都爱吃什么？什么都爱吃，但是吃得不多，你不用特地给他们准备什么了。埃莉萨说，就该这样，还是你教得好，我家孩子尝都不尝。长大就好了。是啊，除了等，我也没辙了。她们俩笑起来。帕特莉像影子一样进来，埃莉萨让她给每个孩子拿个杯子，放上点小冰块。帕特莉数好六只橙色的塑料杯，放在一个金色的硬纸托盘里。卡门和埃莉萨聊起怀孕的事儿。聊这段经历向来很有意思，因为总在发生，谁都有的说，但同时又有独一无二的感觉，把怀着的那个置于普遍的经历之上。外头，男人们在谈论海洋学，谈论古老的，新一轮的，灾害性的厄尔尼诺。孩子们扑向杯子，失望地发现除了一小块冰之外什么喝的都没有。但他们不放过任何搞事情的机会：摇杯子，弄得哗啦哗啦响，而且不可避免地把冰都滚到了地上。伊内斯·比尼亚斯过去收拾他们，带到水龙头旁，把沾满了灰的冰块冲干净。结果没把冰弄到地上的孩子也想来洗洗。我把可乐拿来了，帕特莉说。嘿，小帕特莉，别忘了给我们拿几个杯子，劳尔·比尼亚斯说。帕特莉笑道，妈妈马上拿来。多好的孩子呀，哈维尔说。夜近了，热气终于退去了一些。也可能并没有，但至少光没那么强悍了，长长的影子浮在高处，太阳移向他们的祖国。

大人们往漂亮的玻璃杯里放进两三块冰块，倒上满满的汽水或者酒，立刻就喝上了。不说点什么吗？伊内斯·比尼亚斯问。第一口是解渴的，她哥哥劳尔说。而且罗伯托还没来，埃莉萨提醒。好，劳尔顺从道，那我们暂时先碰一杯，嗯？先发发汗。他的话总是很有道理，酒一过喉咙，感觉从头到脚都湿了。看来天气比他们想的还要热。估计之前都没注意身体缺水了，现在还得一段时间重新调节。有一会儿，所有大人包括孩子们都停下动作，静静地冒汗。布宜诺斯艾利斯的气候不一样，生活了好几年还会有这种不适应。埃莉萨回到厨房，打算开始准备鸡肉。孩子们打破了咒语，重新开始嬉戏打闹。不知道哪儿来一张巨大的白纸，淡定地飘在空中，朝男人们落下来。哈维尔·比尼亚斯一把从身上抓下来，看了看，三下两下折成一条船，手真巧。他递给孩子们，他们从来没有过这么大的纸船，马上就想找水来放。我们从哪儿弄水呢，卡门说。放到游泳池里吧，哈维尔提议，蓄水的时候就会浮起来了。他们兴致勃勃地把它放了进去，而且兴致通常能延续，几个大孩子从泳池的金属梯爬下去（虽然这是禁止的），说船侧翻了，得让它停好了等蓄水。旁边哪家传来摇滚乐的声音。

埃莉萨从厨房探头出来，劳尔·比尼亚斯抓住机会提议喝第一杯，把她叫了过来。为了庆祝这个小小的仪式，大家都重新满上了杯子，孩子们也一样。所有人的目光都落到男主人身上，他举起杯子看酒，没有注意。我们等着呢，哥们儿，哈维尔说。劳尔·比尼亚斯抬了抬眉毛，像要说点什么，又等了几秒钟。是在措辞吗？有可能，每次他祝酒都恰到好处。他只说了句“为这一年干杯”，大家倒也没有异议。如果这是幸福的一年，就值得为它喝上一杯。如果不是，也没关系，因为这三个字有更深的含义：随便哪一年，像神奇的礼物一样，只要是“年”，大家都喜欢，都期待。但这确实是幸福的一年，帕特莉想，从这个意义上讲，这次干杯有一种其他人无法理解的神秘色彩，只有他们知道，埃莉萨、劳尔和帕特莉（孩子们不算，即便他们是幸福的基础之一）。大家被排除在外，一无所知。接着他们说让孩子们也敬一轮，邀请她，作为下一代，起个头。她想都没想：“敬我妈妈和爸爸。”这句话的最后一个词可能有歧义，是生她的“世界上最好的男人”还是“劳尔·比尼亚斯”呢，所以她又补充了一下：“劳尔·比尼亚斯。”考虑周全，大人们都微笑起来。其他孩子照搬了这个模式，个个张口“敬我妈妈和爸爸，劳尔（哈维尔）·比尼亚斯”，连最小的杰奎琳都口齿不清地学了一个。大人们全程认真听着，时不时露出笑容。接下来一顿好喝，大家又开始聊天，而且更加欢快热烈。

但帕特莉还在纠结，担心刚才的话可能有点冒失。其实恰恰相反，她要是能读到大人们的想法，会发现大家对她很满意。她的纠结并不全是因为刚说的话，更多是出于最后几分钟不断增长的不安，那种不安她很熟悉，又有点手足无措，就像在接近“无”。她把杯子放在地上，向游泳池那边走去，池底躺着那艘大船，已经被忘记了，停在干燥的水泥地中央。她绕着池子转了一圈，最后走到后院那侧，从那儿可以看到夕阳，已经变成深色的红和黄。太阳落下去了，这一年也一同落了下去。就像劳尔·比尼亚斯提醒的，“幸福的一年”。他们已经把太阳一口闷了下去，致辞的人这样还有个特殊的理由：不光因为他一整年都在喝酒，也不是要从现在喝到晚上十二点，而是因为喝酒拉长了时间，虽然时间依然准确。除此之外，这个说法也很有意思，“新年”只是一瞬间，晚上十二点，欢呼鸣笛的一分钟；幸福也只是一瞬间，不是一整年。

那么直接盯着太阳看，眼睛都花了。收回视线的时候，她似乎看到几个人形的影子从空中飞进七层，就在她脚底下。谁？她的不安自然而然变成了好奇，而且无须压抑。于是她又沿着泳池走，从另一边，更快，向楼梯走去。她必须从大家面前走过，但是大家聊得热火朝天，没有一个注意到她。她从楼梯上下来。七层之前没人，但现在不一样了。在几分钟里，顶多半个小时，从她和伊内斯爬上来之后，光线发生了变化。朝着前院的影子缩短了，尽头，走廊那边，一束强烈的黄光射进来。楼上的欢声笑语近在咫尺，衬托之下，这里愈加安静。更矛盾的是，从光亮那边来了一个莫名的东西，不知道是什么，让人害怕。

帕特莉轻手轻脚地朝深处探去。经典场景。害怕算什么，女人，比如电影里，会去打探最大胆的观众都不敢出头的神秘房间。不会有超自然的危险或者什么别的危险（虽然楼下栅栏既没挂链也没上锁）。帕特莉来到后面的楼梯平台，卧室门朝这儿开着；强烈的黄光勾勒出门窗的空洞。没有声音。她走进中间那扇门，在房间里走了两步，感到一阵头晕。两个鬼魂从她旁边经过，嘴里念念有词“我们赶时间，非常赶时间”，穿过墙壁消失了。为了跟上他们，她迅速后退，走出房间，走进隔壁，他们又穿墙走了，腿好像化进了地板里。为什么？她问他们。她走了出去，到了楼梯平台上。其中一个鬼转过头看她：什么为什么？你们为什么这么赶时间？她补充道。因为有聚会，鬼回答。他们在空中曲线下降，又钻进了地面和浴室那面墙的护墙板。什么聚会？她又问。走在最后的鬼魂在脑袋进去之前及时回答了她：十二点的新年大餐……

帕特莉赶紧跑向楼梯，她从鬼魂那儿发现了某种前所未有的新情况。惊喜之中，她只是追，没有停下来好好想他们的话。新情况就是他们对她说话了，还回答了她的问题。

虽然不知道为什么要这么着急，她也不喜欢匆匆忙忙的（既然消失了都会重新出现），但她一到六楼就跑到算准了他们会从天花板出现的地方。没出现。她用目光画出一条大致的曲线，直到地板吞掉他们的大致地方。她犹豫了片刻，然后看见五六个鬼飘浮在天花板和地面间的半空中，穿过门留出的洞。这个画面很快消失了，但她觉得比之前看到的更奇怪，好像面对的就是一群真正的人。她沿着走廊走了几步：这层楼有一串卧室，她能看见他们在下一间和第三间。各位也要参加聚会吗？最后她问道。其中一个转过头对她说："当然了，帕特莉。"下一秒就穿过了墙壁。这些鬼魂也是沿着曲线前进的，但是只能从高处才看得出来，因为一直在空中。他们在最后一间卧室里拐了个弯，进了朝后院的大客厅，非常亮堂。在那儿，他们移动的速度变快了。帕特莉第一次这么清楚地看见他们，正在她面前越来越快地画一个拱形。为什么“当然”呢？她接着刚才的话问。另一个，不是之前说话的那一个，看都不看她（相反，她觉得他把头转向了远处的空洞，这里的光源），反问道：谁愿意错过十二点的新年大餐呢？然后沉入左边的墙，放出他们特有的笑声的一种：出于某些原因，现在听来很不连贯。她还想问是谁办的聚会，但又有些不敢，只是跟着他们行进的圆圈走，一直走到前院那间大客厅（和背街那间形成对称）。鬼魂从那儿散开，像一支飞行中队。

她站在楼梯边上，很多鬼魂都在向下行进，所以她也想下一层楼。每下一层，光线就变暗一些。五楼的隔墙比较少，能看见最里面，有一些飘在楼层的边缘外。她觉得他们更像是站着，在一片看不见的东西上。她向他们走去，带着明显的梦游人的天真。他们也看着她。

晚霞也有点建筑的意味。它就是一幢建筑，但不像人们以为的那样是由天气现象偶然造成的，而是经过认真构思，或者说它本身就是一种思考。人能想象的最大空间变成了一个个瞬间，在诸如屋顶、地砖下形成阴影、光线、色彩的方格。但是也不能说这真的是一幢建筑，和现实的建筑一样，比如这栋大楼。晚霞是暂时的，冷漠的，稀薄的；光做成的小格子目前装不下任何人，但是谁都能想象自己从一张照片里裁出来，贴在天穹屋顶下的样子。在这幢想象出来的“宏伟建筑”中，也有真正的、更小的建筑，在这光辉的无用性里伫立着，未完工，也是临时的，但是以自己的方式，带着永存的光芒。最奇怪的地方在于，所有这些都是白天的一个时刻，也可以是晚上，但更应该是白天，仅此而已。

她望着那些鬼入了神，已经太接近楼层的边缘，猛一惊醒，往后退了一步。她在昏暗里观察着他们，尽管就她的视线来说，他们有点太高了，没法看得太仔细。她可以确认他们就是平时那些，只是光线不同了：她从来没有在夏天这么晚的时候看见过他们。他们那种不真实，像呆滞的浮沉子，那么奇特，又那么让人心安，午睡时分光线过强的产物，在戏剧性的夕照中消失殆尽。他们在她面前慢慢升起；但是根据以往的经验，帕特莉有理由认为这慢中充满了无数不同超自然的速度。在她看来像钟表指针移动的这种“慢”，从一定的距离看，可能比一般所说的“高速”还要快：可能是光或者视线的移动。

这次他们这么晚出现，身体变成了三维立体，有形可触的；而且那身体啊，又深邃又强壮！身上覆盖的白灰变成了发光的精美装饰，由于不再需要吸收大量阳光，深金色的皮肤强化了肌肉的线条，以及皮肤表面的光滑质地。

她觉得自己是在普通的、活着的男人身上看见了突出的胸部、宽阔的肩膀、圆润的手臂、线条对称的腹部，和又长又直的腿。还有他们的性器，略贴在身体但因为重量和大小又有些上扬（当然，她是从下方看的），和她之前见过的都不一样，更真实，或者说，更是真货。

他们一边看着她一边上升，因为他们正朝着六楼的后阳台上升、行进；他们从上方看着她，给了一个意味不明的微笑。

谁办的聚会？

我们。

他们已经不再疯狂地大笑了。他们用热情的声音和能够理解的词语说话，说的是没有口音的西班牙语，既不智利也不阿根廷，是电视播音员说的那种，他们跟她说话，也像是电视里的人物在说。更让她惊讶的是，他们看上去很理智，这惊讶加强了那种把她吸引下来的情绪：模糊又难以言喻的不安和混乱——现在已经变成一种明确的焦虑和痛苦，同样说不清，但出于其他的原因，仿佛她触不到最真的现实，一个逃避她手的承诺。并不是鬼魂唤醒了她的欲望，这当然是不可能的，但又有那么一点。有些欲望，不那么准确实际，但不是没那么迫切，也不是没那么性感。她想，不该放任自己的好奇心的，应该抵挡住，可惜没用，她总会重蹈覆辙，一辈子，一千次。

他们从她头顶上消失了。她最后一眼看到他们的脚后跟；往后仰了那么久，回正起来一阵头晕，在楼边晃晃——她不知不觉又靠近了边缘，非常危险。她转身走向楼梯，想要上楼去。前面，在这层最暗的地方，她看到又浮出一个鬼，也在向上去，走的是对角线（好像很流行）。在她走近之前，他已经到顶了，正从头部开始缓缓地穿过天花板，很慢，都像中途停下了（速度在运动过程中变成了别的维度）。帕特莉走到那儿，鬼魂的下半段身体突然掉下来，一个黑乎乎看不出是什么的物体，从光滑的混凝土天花板上直摔下来。她爬上楼梯，回到后院方向，预感会有更多的鬼。果然，一大群鬼魂在等她，或者说看上去像是在等她，在边缘，边缘外边，在日暮的浓重背景中沐浴着最后的光。他们在这种暗暗可见的空中等着，等她，因为其中一个叫了她的名字。什么？帕特莉在离着三米远的地方停下了。

你不想来参加我们今晚的聚会吗？

如果请我的话……

我们这就是在请你。

一阵沉默。帕特莉努力想要理解他们刚说的话。最后她问：

为什么请我?

她必然会问这个。没人回答。考虑到种种因素，他们不能回答。他们让她自己想。随之而来的是一段更长的沉默。

所以呢?

我在考虑。

啊。

鬼们似乎有点嘲讽的意思。他们开始后退，没做任何动作，像是距离差造成的幻象，但确实退了，对于这个天真的探险家来说，这个场景实在无比精彩。像是不经意地，一片螺旋状的光洒下来，把他们笼罩进不可见的黄色。粉末几乎只是一种感觉，一层细绒。在这些男人面前，帕特莉感到心抽紧了……就像她第一次看见男人。停下！她的灵魂在喊，别走！她想永远这样看着他们，即便这永远只持续一瞬间，假如永远能持续一瞬间。她想象不出永远还有什么其他方式。来吧，永远，来成为我生命中的瞬间！她在心中呐喊。

当然，你必须要死。其中一个说。

那不重要！她立刻激动地回答，激情里隐含了某种词语没说出来的东西，某些她自己也不清楚的东西，但又跟她说的话意思一模一样。

鬼魂似乎都静静地看着她。是吗？还是他们其实正以一种不可思议的速度在不同的世界里穿梭，只是她在所处的位置看不出来？这也不重要，她想。总之，鬼魂们灵活地向下一层滑去了，只剩她注视着虚空，那里有巨大的城市，亮起的街灯。

她对夜景并不感兴趣，转身走向楼梯，走到楼梯口才发现，要想继续看那些鬼，不知道该上楼还是下楼。他们好像一完成任务就消失了。上楼下楼都已经没有意义。她会累的，腿也会很疼：这些光板水泥楼梯没安栏杆，为免踏空必须非常小心，而且每一次上上下下都提高了危险的概率。虽然还有一些透明的光束，最初的一片浓重阴影已经开始占领这座楼。

帕特莉打了个激灵。她的腿在发抖，但不是因为爬楼梯，也不是黑暗越来越浓。她感到慌乱。她走下两级台阶，坐下。过了一会儿，她终于开始认真考虑答应要考虑的事，虽然像妈妈说的那样，她很“轻浮”，从来不拿任何事当回事。这次她其实更轻浮，因为要严肃对待的恰恰是最轻浮的事：一场聚会。

但一场聚会，她想，也有严肃、重要的成分。它暂停了人生和人生中的严肃，好干些无关紧要的事情：这不重要吗？对于时间，我们总习惯从时间之中去看待，如果跳出来呢？生活也是一样，从一个生活本身的大框架出发，似乎才是普遍，甚至看来正常的、唯一可取的方式，但也存在别的可能呀，比如说聚会，人生以外的人生。

那么，能拒绝聚会的邀请吗？帕特莉想。虽然按诡辩的逻辑可以说，既然邀请来自生活之外，听见了，就已经意味着一种接受，但很明显，邀请确实是可以拒绝的。人每天都在拒绝邀请。但这样的邀请，一辈子会有几次呢？除了垂直分层和能“进”“出”的门，人生还有另一个维度，水平的，或者说时间的，以此来衡量长短。很明显，不会经常请她参加鬼魂们的神奇聚会的。不过帕特莉担心的倒不是这个，机会总能有，相反，在永恒中，会有多少次这样的邀请呢？那就是另一回事了。永恒中的重复与可能性无关，即使数字再大也不一定。在永恒中，不同于“生命之中”或者“生命之外”，这场聚会是绝对独一无二的。

这些问题都归为了一个：为什么不直接接受呢？这时生活又重新出现了，比往常都要浓重黏稠。生活总是有这种麻烦，给每个东西都定上期限，通过时间不断挖空，直到把密实变为一朵轻云。对于一个像她这样轻浮的女孩来说，生活可能就是一块石料，一块大理石。包括在思维里也是，不断去掉句子这个成分和那个之间的空缺。说“四就是四”，这是轻浮，严肃是通过极其细小的部分来进行论断，从“二加二等于四”这种朴素的知识，到“二加二等于一加三”，直到“哥伦布发现了美洲”。轻浮是同义反复的效果，但作用于一切（这会儿是，那会儿不是，就不能叫轻浮；轻浮不能只是个样子，要彻头彻尾）；轻浮是一种预先已经知道的状态，因为万事万物都是它自身的再现、重复、反映。所以，“轻浮”就是在重复之间穿行，也只在重复之间穿行。难道还有别的吗？对于帕特莉来说，没有。

同时，说她“正在考虑”，确实没撒谎。思考也是开一个洞，但这个时候避免不了了。她几乎觉得自己就是思维的客体，当然了，别人思维的客体，甚至一个遥不可及的人思维的客体。这些鬼魂把她放到这个位置上，不得不思考，不得不想这些。

不是有什么可想的。像往常一样，决定是自动的，事先已经定下的。她当然会去参加聚会。鬼魂们应该知道这一点，所以才只说了关键，而没有像通常那样提前大肆渲染。她会去的。她甚至觉得都不用列举赴约的理由。

她的思考被一阵脚步声打断了。不知道是来自楼上还是楼下。她抬起头，没看清什么，夜幕已经降临了。家人在天台上的喧闹清晰传来，几乎就在跟前，而且还有脚步声，轻得像人悄悄说话。终于，她发现是有人在上楼，就在她下面那段楼梯。她站起来，但是已经没有时间像她想的那样转身上楼了，一个影子出现在楼梯那端，正往她这儿走来。显然，那个人没有看到她。楼梯顶的天花板缺了几块（让整个洞变得很危险），从那里透出足够的光线，让她在那人经过楼梯中段之后能看出究竟了。是个男人，三十来岁，她这辈子见过最讲究的样子：白T恤，白色莫卡辛鞋，奶油色裤子，熨线清晰，金表细链，红宝石戒指，突出的二头肌在短袖下面半隐半露，时兴的短发，后面留一条小辫子，络腮胡子留到高处，修剪成南美人喜欢的“杯状”造型，流线型的墨镜，嘴边叼一根烟。他冲着帕特莉淡淡一笑：

你一定是帕特莉。

她都没能张嘴说点什么。她想不出这位认识她的先生究竟是谁。

我是罗伯托。

罗伯托？她问。好没礼貌的问题，她一会儿大概又要纠结半天，这就像说：哪个罗伯托？

但是他没生气。他笑了一声，走上前来，拉着她胳膊继续往上走。他说，我是伊内斯·比尼亚斯的男朋友。啊，罗伯托！帕特莉惊叫一声，脸红了，如果不是天黑，肯定会被看见像个番茄一样。但是他戴着墨镜呢，黑也能看到吧。我来晚了吗？不，先生，您没来晚，我们还没坐下吃饭呢。他又笑了，让她不要那么客气。叫“你”就行。他说。

九点了。种种迹象表明晚餐即将开始，比如烤鸡发出的香味和在食客们身上产生的催化作用。真没办法，除非发生奇迹，这又将是布宜诺斯艾利斯一个闷热的夜晚，就像之前的白天一样，只是没有光罢了。孩子们游玩嬉闹的范围也缩小到了有光照亮的地方，偶尔在相互追赶的时候逃进黑暗，然后马上回到更好玩的地方。这让他们变得更烦人了，但是总体来说，聚会也变得更加欢快和亲密，就像所有人都被关在一个没有墙的房间里。黑暗中，红色和蓝色的玩具车变成一样的了。饭厅门上一个没有灯罩的电灯泡提供了他们所拥有且需要的所有照明。几只蚊子和飞蛾在灯光下画着它们的轨迹。劳尔·比尼亚斯说，住这么高的好处就在于，没什么飞虫敢上来拜访他们，这儿不会有暴风雨似的大群虫子。他们一直聊，谈天说地，胜过一切。有了男人，就跟女人们自己聊天不一样了：他们带来一种普世的特征，通常都是些意外的大话题；但他们也可能比女人更个人化，不是在挖掘话题上，是形式上：下结论斩钉截铁的，对基本问题有彻底错误的理解。一般女人们能察觉到不同并且表示欣赏，尤其因为他们很少有机会这样一起聊天，得像这样的家庭聚会，或者因为特定的事约起来，但后一种情况不能那么自由地转换话题。一起聊天，当然不排除女人们以自己的方式继续单独对话，哪怕只是一个巧笑也心领神会。

罗伯托的出现引起了轰动。所有人都说他跟自己想象中不一样。不是更好也不是更差：就是不一样。这就是本尊出现的一种效果吧。甚至之前就认识他的卡门和哈维尔也说没想到他是这样的，像阿根廷人，正常，他有阿根廷血统，但是更像智利人，毕竟多少辈了。他到的时候，伊内斯惊讶地看着他：你什么都没带吗？酒呢？冰激凌呢？不是你带吗？他更惊讶地问。他俩成了一场误会的受害者。为了决定带什么来可讨论了好久！他们做了细致的安排，但却没弄清楚谁带。大家都笑了。埃莉萨笑得最大声。罗伯托很有教养，又讨人喜欢。劳尔·比尼亚斯请他入席，坐在他和哈维尔旁边，几个人开始侃。他摘下墨镜，露出一双乖巧细小的绿眼睛。你长得不像智利人！卡门叫起来，但她丈夫完全不同意。智利人也有各种各样的！埃莉萨说。我也这么说，罗伯托补充道。

他的到来让大家忽略了帕特莉的开溜，不过不是所有人。迎接罗伯托的热闹过去之后，伊内斯正在为混乱向嫂子道歉，看见帕特莉走进厨房，问她：你跑哪儿去了，小姐？就那儿，帕特莉含糊地回答。母亲看了她一眼。谁知道她去哪儿了，又发梦了吧，神神秘秘的。你男朋友穿得真讲究，埃莉萨对伊内斯·比尼亚斯说。是吗？是呀。

该摆桌子了，这是男人们的活儿，或者说劳尔兄弟俩的活儿，他们不让罗伯托动手。但似乎桌子并不想从厨房门出来，不知道是酒精加天黑搞得他们有点晕乎，还是确实不好搬，或者根本不可能。可是能进去呀，哈维尔说，那就肯定能出来。是搬进去的吗？劳尔·比尼亚斯问，开始只是开玩笑，突然也蒙了，打了一个近乎恐惧的哆嗦，问自己桌子是不是在墙砌起来之前就在饭厅里了。他还记得砌墙的样子，但他可以发誓，那会儿他们还住在底层。就这样想着，还没回过神来，两条桌腿已经出去了，他稍微把桌板按了一下，整个移出来了。大家赶紧给他们鼓掌。他们把桌子摆到认为最合适的地方，离门，也就是离光，不近不远。半明半暗的环境吃饭总是比较舒服，热气还让这氛围包裹得更紧，也更神秘。大人们正好围坐在桌子周围，如果算上帕特莉，那就是七个人。给孩子，像往常有点规格的聚餐一样，他们用支架和木板搭了一张小矮桌，一种长形的咖啡桌，和工人们中午在楼下吃烧烤用的差不多。座位是个问题。一家人平时的四张椅子加四个凳子只够大人。只能从泥瓦匠那儿再学一招了：下楼去找几个箱子，他们每天就那么坐着吃饭。男人们都去了，三个一起，都讲客气，而且也确实需要人手。他们热热闹闹地下楼了，劳尔·比尼亚斯戴着头灯。

这当儿，帕特莉就忙着摆桌子，先铺一块漂亮的白桌布，后面就好办了：盘子、叉子、刀，依次机械完成。至于被男人们搁在地上的杯子，她有一种超乎寻常的本领，能猜出哪个杯子是谁的，而且从不出错。伊内斯·比尼亚斯她们姑嫂三个在厨房里准备沙拉，当然，嘴也没闲着。话题大多围绕着罗伯托，涉及各个方面，但主要是他相应的那一面。那个没被提出来的，但包含了所有评论（评论神奇地变成了预设的回答）的问题是：伊内斯·比尼亚斯怎么可能不怀孕？她说连她自己也在问，不相信自己的想法，甚至自己的生活。

埃莉萨把蜜瓜放进一个盛满冰块的盆里降温。伊内斯提出一个新法子：把瓜用湿报纸包起来再放冰，这样凉得更快。效果出奇地好，白绿色的瓜皮结了一层霜。埃莉萨算着烤鸡什么时候能好。她在这方面很灵，而且她希望以某种速度挨个儿上菜，孩子们会高兴的，而她丈夫也不会有多少超额的喝酒时间。

好，可以开饭了。卡门·拉腊因出去问男人们是不是都准备好了。当然！准备得不能再好了！不过还有件事：

缺餐巾。她回厨房传达了这个消息，帕特莉一拍额头：我怎么把这事儿给忘了！她经常这样。妈妈让她摆好餐巾之后看看孩子们是不是都规矩了。同时，伊内斯·比尼亚斯帮她把瓜切开，一片片摆到一个长形大盘子里，并在每片上放一片生火腿。卡门和帕特莉去让孩子们安静下来。被任命为桌长的胡安·塞巴斯蒂安大喊大叫，颁布着专制的条令，主要是针对他弟弟妹妹的（两个表兄弟这么神气，他有点怕）。

瓜上来了，厨师也已经就座：晚餐开始了。大人两块，孩子一块（但是切成了两片）。这还不算正经吃的，大家开开胃。要知道，他们家不是太在乎吃这事，很少关注。这瓜刚好，晚一天就过了（早一天也不行）；甜得刚刚好，没有破坏瓜特有的风味，这股味道跟甜可是两回事。火腿也恰到好处，微温略咸，和瓜冰爽的甘甜形成愉快的对比。蜜瓜之后是沙拉，烤鸡也几乎同时上来，略加调配，金光闪闪，酥脆可口。劳尔·比尼亚斯为烤鸡精心配了几瓶圣卡罗琳娜陈年葡萄酒，是他从最信任的店里便宜买来的。智利葡萄酒可真够干的！大家一边品尝一边说，带着一种怀念的口气，但比较节制，免得破坏了聚会的气氛。真是干，太干了！那种干度却让他们泪眼盈盈，好矛盾。总之，晚餐以最欢快的气氛进行，有时候，为了让欢乐更加完整，一点被掩饰起来的悲伤也是必要的。无论如何，孩子们表现得很好。

帕特莉是唯一一个有点隐秘想法的人。与其说想法，不如说是感觉。她觉得还有什么事要做，一些悬而未决的事。事实上，她想做的就是不再去想。她不想觉得自己是一件完成任务的机器，但她对鬼魂们说过了会考虑，又不得不这么做。她本来沉默寡言，在这种窘境下，突然觉得说话非常有用。一个人说话的时候，自然而然地就不再思考，像从契约里被解放出来一样。或者更确切地说，她心想，就像那些故事，出现一个非常俊美的男人，导致男人味十足的主人公也感到被吸引，同时深受困扰，直到最后发现这个美男子是个乔装的姑娘。这就是思考和说话的辩证关系。但是，一想到这，帕特莉最终发现她自己，是的，她自己（这是她的想法，所有想法中的秘密）难道不是一个乔装的女人，一个……由女人假扮的，扮得非常好的女人？但她并没有顺着这些神秘的想法继续下去，她更倾向于停留在轻浮的表面，因为想法和秘密之间也存在着辩证关系，或者说在这种更迫切的情况下，想法与时间之间存在着辩证关系。她不能一直想个不停。就好比一个画家，因为一些技术上的原因（例如一些浓厚色彩容易干燥的问题），在一幅画上花了太多时间，其间不断产生新的想法，可能是一个人物，一座山，一只动物，最后画不停地被填满，充斥成无法直视的一团。

孩子们总是从小桌子跑开；他们的父母专注于食物的幸福，坐着不动，任他们玩，除非他们跑到灯光不怎么照到的地方，黑暗里看不清天台的边沿（那就没法挽回了），还有泳池，虽然没那么可怕，但还是很危险。他们一旦跑到暗处，就有一个女人负责去把他们带回来，或者吓唬他们，如果管用的话。上一个做这件事的是帕特莉，还有点愣神，其他所有女的都已经轮过一次了。这次真的都跑太远了，埃莉萨提高嗓门招呼也没人乖乖地回来，所以帕特莉把凳子往后一挪，走向那些看不见的地方。她从泳池左边往深处走，能听见几个大点的孩子从泳池右边往回跑，不想被她抓住。她继续朝天台尽头走，想确认没人落在那儿。孩子们确实都不在了。靠近边缘的地方能看得更清楚，透出下方其他房屋和街道上的光。她停在了边上，不危险，因为她沉浸在思考中时走走停停，这次也是。几只鬼魂出现了，飘浮在离她两三米远的空中。夜晚让他们看起来威严宏伟，可能要归功于街区另一侧阿尔韦迪大街的照亮，黑暗中金色的线条勾勒出微妙的透视。他们看起来还更严肃了，但这谁也说不清，只是在帕特莉看来，他们进入了一片严肃的广漠空间。他们沉入阴影中的身躯，变成线条的身体表面（在一个更加不真实的维度中暗示体积）对她来说太奇怪了，简直庄严得不可思议。他们“没什么可藏的”（因为没有生命），所以阴影对于他们来说有另一种目的。我接受邀请，她对他们说，十二点前一分钟我就从这里跳下去。从这里？一个鬼说，好像没明白。是的，就从这里。啊。这样最容易操作。帕特莉觉得有必要解释一下。他们答应了，也就因为这，因为似乎理解了，他们看起来不再那么严肃。其中一个对她说：谢谢您确认，小姐。新年大餐已经全都准备就绪。

她回到餐桌，妈妈用一种奇怪的眼光看着她。她心想妈妈琢磨什么呢，但什么都没表示。吃饭的人们围着鸡骨头和空空的沙拉盘谈天说地。巧的是，所有人都无一例外来自圣地亚哥，世界上最美丽的城市，和他们之前已经达成的共同看法一样。他们对圣地亚哥赞不绝口，就好像旅行社的员工一样。

可惜，罗伯托说，圣地亚哥有雾霾，看不见星星。我就看见过，劳尔·比尼亚斯身体向前一倾。如果仔细观察劳尔·比尼亚斯的话，就能发现他一些惯用的肢体动作，比如摇晃脑袋，让他说些“醉酒的话”。但是他兄弟虽然不喝酒，或者说至少不喝多，也做相同的动作，观察者就可以更正，这是“一个家庭的东西”。罗伯托在和他两位未来大舅子聊天的时候，一直在做这种更正。我就看见过，劳尔·比尼亚斯说着，身子向前一倾，特别搞笑地摇晃脑袋。啊，对，多新鲜，他妹妹的男朋友回答：我也见过，不然我怎么知道有星星这种东西呢？我可不是在阿根廷才见过星星，以前就见过，小时候。我是刚见过，没多久，劳尔·比尼亚斯说。他兄弟哈维尔也附和。你听我说，大家争着招呼罗伯托，听我说……他们从一开始就决定跟罗伯托称“你”，毕竟就快是连襟了。女人们更是热络，不然罗伯托也别扭。鉴于他们对圣地亚哥看见的东西意见不一致，就继续在近的事情上有分歧。这里跟圣地亚哥一样，伊内斯说，虽然没有雾霾。城市照明过度，卡门说，有些人永远不知道什么是太过了。可是这儿也能看见！哈维尔·比尼亚斯说。罗伯托则重复：你以为，才不是呢。大家注意，我们来试试！埃莉萨大喊，让孩子们听话，因为要黑一阵了。她到厨房去关掉灯。每个人都仰起头来向上看。瞳孔打开，辽阔的星空，广袤的银河出现在他们眼前。看不见嘛，劳尔·比尼亚斯说。看得见，超级清楚！哈维尔说。是的，没错，对对对。大家注视着星空，已经无心争论。银河啊！哈维尔的孩子们说，要是有望远镜就好了！

所有人沉醉在星空里的时候，帕特莉仿佛在天空中看到了家人，她很爱他们，但这一刻她意识到自己正同他们作别。逝者会化作星辰这样的说法并不正确，正相反。现在她要永远离开他们了，心里不是哀伤，而是看他们四散在黑天之上，每人一个美丽而又永恒的光点，感到了某种怀念——不是预感，几乎是回顾过去。她告诉自己，如果值得牺牲，那就可行。星星好远啊……孩子们是对的，要是有望远镜就好了，但那会看起来更远。她轻轻晃了一下头，好像那些星星，连同它们的距离，都进入了她的身体。这个“告别状态”显出某种冷淡。这冷淡，或者说分裂，也影响到了思绪，让她想到一个类比：如果一个在进行日常活动的人想到，在十分幸福的理想状态中，当哲学家提出的所有要求都得到满足时（哲学家在这个问题上非常严格，不仅因为他们吹毛求疵——很自然，大多数都是单身汉嘛——更因为他们任自己随着本体论的推导走），他就会正在做他在做的事，不是相当于一样，而是完全同一件，就像在一个平行世界里。应该不是什么太糟糕的事，但现在，帕特莉想，不少人都没有工作，所以上面这个人的假设类比应该说的是一次散步、一次健身，或者是坐火车到郊区的一次远足这类事情。不需要太多的想象就能得到结论，是的，他实际做的，与他同日同时在完全幸福的状态下（个人、社会甚至宇宙的，终结了精神错乱，等等，等等）会做的，完全一致。实际上完全不用努力想象，因为都没必要用到想象力，只要调整一下动作和动作的方式：行动更迟缓一点，微笑更饱满一点，头更扬一点……免不了啊，她想，一个人看看星空就想到了别的世界，多傻！

哈维尔说，圣地亚哥上空的星星当然是完全不同的。有什么不同？他们有些惊讶地问道，很不理解。是另外一些星星，他回答。劳尔·比尼亚斯吓得抱住头。小子，说什么胡话呢！我们在同一个半球啊！那又怎样呢？两个人自己都不知道是该相信对方真的无知，还是该觉得对方在拿自己取乐。女人们笑了起来。埃莉萨·比库尼亚向来不负睿智之名，这时候站到了妹夫一边：确实不一样。是这样，罗伯托表示支持，于是劳尔·比尼亚斯也没有办法只得赞同，主要是在这点上他确实同意：当然不一样，他说，但这不是说它们不是同一些星座，不在同一个位置上，甚至不是同一堆星星。所有人都聚精会神地看着星星。看着眼熟吗？好像不能这么说，但也不是不对。我觉得，帕特莉说，星星是一样的，但是反过来放了。完全正确，劳尔说，小帕特莉说的有道理。全是因为视角不同，卡门说。想想看，我们从另外一边看过这些星星，伊内斯·比尼亚斯半是忧伤半是愉快地说道。他们脖子仰疼了，加上孩子们趁着黑暗四处乱窜，像一群小魔鬼，灯又打开了。他们潜进布满星辰的黑暗，现在重又浮上来，带着比之前更灿烂的微笑，以不同的眼光打量。从逻辑上说，眼睛当然还是一样的。他们碰了一次杯：敬智利的星星。有一条河正在把星星带走！劳尔·比尼亚斯边喝边说。

没多久，水果上来了，大家尽情享用。比起餐后甜点，全家人都更喜欢水果，这给主妇省了不少事儿，只需要削皮、去核、掏籽，特别是给孩子们吃的时候。他们跟罗伯托说的时候，他都不信，因为他也完全一样：特别爱吃水果，讨厌甜食。有时候好吃好喝一顿，最后来份甜食能毁掉一切美味。他以为伊内斯提过他这种怪癖，其实没有，埃莉萨·比库尼亚还担心饭后只吃水果这种野路子会让他不满足呢，但她还是准备了这个，为了不破坏其他人的乐趣。简直是心电感应，这个巧合进一步表明他加入这个家庭有多正确。多好的水果呀！光亮的油桃熟得发紫，杏儿一派东方风味，每一串每一粒白葡萄、黑葡萄都堪称完美，草莓红得像滴血，“美丽海伦”梨雪白细嫩，樱桃紫红，李子深黑，大自然的全部馈赠都在这里了，一个文明的大自然，嫁接、悉心照料，几乎臻于味觉的极致。水果饕餮一家吃不到这些不会满足，幸好夏天水果便宜。

你们知不知道，埃莉萨问，这栋楼里有鬼？真的鬼吗？客人们问。嗯，他们从来都不是真的，对不对？不过能看见他们，每天，午睡的时候。别的时候也能，帕特莉补充道。对，别的时候也会看到。对话转向了鬼魂的话题。每个人都有话要讲，一段经验，一些回忆，再不济也有听来的什么。这正好是讲故事最常用的主题。

劳尔·比尼亚斯讲了一个，说鬼在看天上的飞机时，不小心掉到了井里。井里有只野兔，鬼就跟它说起话来：它（“他”，因为是只公兔子；对了，鬼是个女鬼）也是意外掉进来的，从此就待在井里了，不是因为出不去（那井还蛮浅的），是懒得出去。您掉进来时也是在看天上过的飞机吗？鬼问。不，兔子说，我是在逃命。啊，真的吗？鬼饶有兴趣地问，逃什么？兔子耸了耸肩（尽管这个动作对于兔子来说难度不小），随即解释说，它总在逃命，不管什么，所以哪个原因区别不大。您应该把原因分清楚，鬼提议。为什么呢？兔子说，为了在危急关头跑得更快，没那么危险的时候就跑慢点吗？那可不行，万一判断失误呢，就算对了，不是特别危险的情况可能反而更要命。鬼觉得兔子说得有道理，反省自己太鲁莽了，在完全不了解的事情上给别人提建议；因为她从来不用逃，恰恰相反，她要做的是“现身”。兔子长叹一声：像这位朋友一样不用奔波保命该有多好！鬼睿智地说，要做到这一点，首先要丢掉你的小命。啊，这样的话……其实……不，不好意思，您说得不对……您看……他俩人生哲学正聊到兴头上，都没有发觉猎人来了。这个猎人虽然不善运动而且动作笨拙，但在井口上探头一看有只毫无抵抗能力的兔子，就拉上枪栓（这悲剧的“咔”一声把兔子和鬼拉回了现实，但是到这个时候，什么都干不了，只有僵在那里），扣动了扳机：砰！他准头不行，打中了……鬼，他根本就没看见的东西。鬼伤在左胸，那里涌出一股风一样透明的血。兔子来不及同情，像寓言最后的寓意一样，一跃而起，远远地跳出井口，全力奔逃起来。

哈维尔·比尼亚斯讲了一个老钟表匠的故事，他能看鬼魂的位置报时间。他每天想想这想想那，郁闷了：生意真是日益冷清啊。机械表在走下坡路，这个趋势看来没法扭转。听到店铺门口过往的行人说“11点56分”“7点39分”“2点过1分”的时候，他总是很黯然，现在已经没人说“差二十，过了一点儿”，连小孩都会回：“您是说41分？或者42分？”只有像他这个年纪的人才会带着出毛病的老物件来店里，欧米茄、江诗丹顿、芝柏，不会惊讶修理费那么高，也不会第二天就戴上日本产的腕表。可能很快就没人知道每天时间分两半了，现在也没人听钟表的嘀嗒声，心脏这个器官早过时了——钟表嘀嗒正如心脏跳动，都是机械的。机械表是老式的那种，还带指针呢，虽然用电子的方法也能造出有表针的仿机械表，但这很荒唐，像是技术纡尊降贵，这一点老钟表匠根本不抱任何希望。他静坐着，沮丧地度过一天又一天，每一天都更加懒得动弹，更加失落，只盯着店铺尽头那面墙。两个鬼魂整天在那儿报时，小孩那么高，非常准，又特别有耐心，钟表匠对他们在那报时都习惯了。当他越来越不想动的时候，更觉得两个“鬼魂指针”缓慢而准确的移动是理所当然的。但是他不应该那么信赖他们，因为有一天下午，那两个鬼从墙上下来，带着不怀好意的微笑对他说：小气没脑子的老头，你看时代变化、技术革新，但是人的贪心不变，这种“落后”就是忧郁的源泉，搞得我们鬼魂也不好过，你好意思吗？老钟表匠被吓呆了，没能挤出一句话。他感到被一股无形的力量拖到空中，拖到最里面的墙边上，就是那两个鬼魂报时的地方。现在该他报时了，用一根指针，就是他自己，时针，就像分针被发明出来之前那种最古老的钟表一样。这时，真的鬼魂消失了。

女人们也不甘示弱地讲起来。伊内斯·比尼亚斯的故事讲一个肖像画家，专画鬼魂，最后丢了手艺。那些鬼魂只为摆造型现身，画完之后便会消失，因此画家很苦恼没有任何现实能跟他的成品对照。但这还不是最糟的，最糟的是鬼魂们现身也“节制”得夸张，甚至不露全身，只现出画家正在画的那部分的特征，最后少到一些线条，几点笔触……他们模仿得如此精妙，画家气急败坏地掰断画笔，踩碎调色板，踹翻画架，买了一台徕卡相机。之后他的情况更差了。

卡门·拉腊因则讲了一个日本鬼魂的故事。每位老人死后来到天庭，都会被检查生前吃过所有鱼的鱼刺摆盘的位置，如果能排成一个让人满意的圆，此人就能进入天堂，否则就只能当一个鬼魂，专门去教孩子餐桌上的礼仪，任务完不成，她说，就会成插花师傅。

最后，罗伯托并没有讲故事，而是进行了反思：鬼魂，他说，就像小矮人一样，如果你只想着他们，可能会得出结论认为他们不存在。每个人生活方式不同，有时候几个月、几年都遇不到一个，突然时机一到，你既没找也没想的，就看着了。这是生活中的普遍情况，就是构成存在的那些普遍的偶然和巧合，比如，一天里见到两个小矮人，或是两打小矮人，剩下的一年里一个都见不到。现在，反过来，从矮人的角度看就不一样了：他是一直存在的，一米一的身高，大脑袋，罗圈腿，他就是机会本身，让任何一个那天在街上碰见他的人当晚能说“今天我看到个侏儒”，他是持续，是恒常，不需要特别做评论；他是永远的出现，生活和命运构成的机会。

帕特莉不给我们讲个故事吗？大家看着她问，确实，她还一句话都没说。孩子们都围到桌边，张大嘴巴听着每一个故事。帕特莉想了一会儿，开口说：我记得奥斯卡·王尔德的一个故事，讲的是一个公主厌倦了王宫里的生活，国王王后父母、大臣、将军、总管，还有那些小丑——他们的笑话她都会背了。一天，她遇到一个鬼魂使团，他们邀请她参加一场聚会，声称那里的交谊舞、面具、装扮和音乐都很诱人。公主在宫里太无聊，毫不犹豫地从城堡里最高的塔上一跃而下，以死赴宴。大家回味了故事的寓意。没说聚会上发生了什么吗？卡门·拉腊因问。没有，到这儿就结束了。小姑娘真会讲啊！埃莉萨笑着喊。为什么？姑娘，因为鬼是同性恋！大家哈哈大笑。这个奥斯卡·王尔德可真厉害！罗伯托强忍着笑说。大家都觉得埃莉萨讲了个超现实主义的笑话，一个搞笑的点子。帕特莉笑笑，不让大家看出她不高兴，但其实这个想法痛苦地攫住了她。这时孩子们说月亮出来了，刚才被旁边房子挡住了，而且大家聊天太热烈。大家都看着月亮。这让他们记起了正在露天吃饭。一轮洁白的圆月，没有晕，美得可以让人看一辈子，可惜人这一辈子它总在变。

埃莉萨站起来去煮咖啡，帕特莉赶紧跟着她进了厨房，说“我帮你”。其他人继续聊天喝酒，劳尔·比尼亚斯喝四杯，其他人喝一杯的节奏。这带来一种大家都没察觉的微妙的酗酒倾向。由此，他的身体进入一个轨道，产生一种个体的运动，去到别人意想不到的地方。帕特莉一跟埃莉萨单独在一起，就问她那句那么可笑的话是什么意思。姑娘啊……埃莉萨开口，“姑娘”这个词是智利家庭里常用的叫法，连女儿也可以这么叫妈妈，不用多想。而且这个词可以很广义，把智利特色也泛化了，语言进入一种更抽象的水平，就好像埃莉萨在电视里说话一样。姑娘啊，一个女人永远也不知道自己想说什么，就算知道，也不重要。你总觉得什么都不重要，帕特莉说，有点指责的意思，但她们俩之间总能更缓和、更亲热。她妈妈忙着烧水，算需要往壶里加几勺咖啡，把杯子递给女儿检查，跟小碟子和勺子一起放在托盘上，神色严肃起来。有些事应该跟女儿说了，而且必须突出重要性。她们半认真半开玩笑地谈论了很多关于“真正的男人”的事儿，等着命中注定会给她们带来幸福的人，这个话题都开始在她们各自的想象中失去分量了。必须恢复其重要性，哪怕挨个儿论证，什么时候都可以，比如现在，一年马上结束之前。怎么跟你说呢，她对女儿说，然后陷入了沉思。可能，小帕特莉，你还不是家里最爱观察的人。但是告诉我吧，告诉我，女儿请求着，不带一丝感伤，保持着她特有的审慎。

听我说，埃莉萨说：智利人，所有智利男人，低声说话，声音像女人，是不是有点？相反，阿根廷人大喊大叫：不知道他们的喉咙是什么构造，但就跟喇叭似的。好吧，一开始你感觉所有阿根廷人都特别有男人味儿，就是说，他们可能给我们留下这种印象。但是，更细致地观察一下，一切就不一样了，你会发现几乎完全相反的事实。你注意过吗？帕特莉耸了耸肩膀。她妈妈继续说：比如说设计这栋楼的建筑师，和房主一起过来的装潢设计师，今天上午来的所有人……别跟我说你没注意，亲爱的帕特莉，那些脖子上系着的粉色丝巾，扑鼻的香水，那些壮硕的女人，那些“唉”，那些“哟”。帕特莉虽然心事重重，看到妈妈惟妙惟肖的模仿还是忍不住笑了起来。埃莉萨接着说：

还有一个问题，在刚才那些之上，那就是钱。有钱是有男人味的一种方式，阿根廷有男人味的唯一方式。在这一点上，这个国家怪得独一无二。它把我们和世界的其余部分——我们这些异乡人所属的那部分——隔绝开来，把我们扣留成人质。肯定有，至少应该有，另外形式的阳刚之气，不需要借助金钱的。就我们现在的处境看，也许很难感觉到，好像得扭转时空回到智利甚至再向前。男人味还有什么别的形式呢？“受欢迎”？不对，受欢迎是附带的，在男人味级别里明显处于次要位置。应该说“原始”的形式，被制度化收编之前的形式。看起来，“原始”要比“受欢迎”更得人心，但这也可能让我们女人变得危险。几乎可以说女人注定了被原始和野蛮降服。这样不危险吗？可是政府终究是一个保障，尽管把我们置于底层，不也防止我们从世上消失吗？帕特莉说，女人是永远不可能消失的。母亲庄重地说，亲，这正是目前还说不好的事。

那这些和鬼魂又有什么关系？帕特莉又问。

啊，鬼魂……鬼魂是什么？孩子，就像寓言故事里讲动物一样，为了方便理解，我跟你讲阿根廷人和智利人。帕特莉说，你可能还得讲好长时间呢。你那么聪明，用不着我说太多。你想想，对于我们女人来说，鬼魂总是有的。一个阿根廷人减去一个智利人，或者一个智利人减去一个阿根廷人，或者把两者相加，随便你怎么做，得到的结果都一样：一个鬼魂。

好吧，但他们为什么都是同性恋呢？

在这样一个关键时刻，已经预感这是她亲爱的女儿性命攸关的时刻，她也只能用一个神秘的“严肃微笑”来回答。

咖啡煮好了，芳香的蒸汽从咖啡壶嘴冒出来。她俩走出厨房。帕特莉把托盘放在桌上，伊内斯·比尼亚斯负责倒咖啡。糖罐跟着传过来，但是咖啡的味道那么好，那么香，几乎没人想要往里面加糖。帕特莉抿了一口，等它变凉。她想着刚才跟妈妈的谈话，其实没有得到什么答案，正相反，疑惑更深了。但是，这番话还是在她身上有了效果，这正是她一边喝咖啡一边想的事情。危险并不在于等她的那些鬼魂有没有男人味，没人跟她说话，没人给她解释那些她需要知道的事，这才是危险。而且一转念，这次谈话也产生了相反的效果，因为谈到的正是这样一个状态，不用别人照顾她，不用别人给她解释什么，甚至都不用母亲刚才极力跟她讲的那些——爱情。由此，她的思考进入了第三个阶段，鬼魂们是不是够男人这个问题又变得重要起来。说来也奇怪：这个女孩子没什么文化，中学都没上完，居然在思想上走得这么远。其实也没有那么奇怪。一个人居然可以从未思考过他的人生，只是毫无规律地生活着，无所谓短暂的恐惧或激情，但任何时候，有需要的时候，心里也能冒出最伟大的哲学家。这听起来很矛盾，实际上却是每天都在发生的。思想是从他人那里吸取而来的，而他人自己也并不思考，是从另外的人那里得来，如此连续不断。也许有人会认为这是一个在虚空中运转的机制，其实还不至于，落脚的锚点是有的，虽然说不好在哪儿，可以举一个例子，只是类比：假定这些从不思考的人中间有一个喜欢读小说，读就高兴，也不用脑子，完全被阅读的快感带着走。突然，某个表情，某句话——如果不是

“某种思想”——显示他其实是个哲学家。他的知识是从哪儿来的？从快乐里？从小说里？不可能，鉴于他读的都是那种货色（哪怕读托马斯·曼也好啊）。知识当然是通过小说这条渠道得来的，但又不完全是它们。小说不是那个锚点，对它们不能抱这么高的期望。小说建立在虚空上，跟其他东西一样，但它们至少在，存在着：不能说是彻底的虚空（如果换作电视，这个例子可能就有点过了）。

客人们一边开玩笑，嘻嘻哈哈，一边喝咖啡、抽烟。每个人都把自己的那杯咖啡一饮而尽，问还有没有。早知道你们这么喜欢我就多做一点了！埃莉萨·比库尼亚说道。话是这么说，咖啡壶里还能倒出好几杯，也不是所有人都续了杯。孩子们闹着想玩冲天炮，但带烟花来的哈维尔让他们等等大人，没给他们打火机，于是孩子们又去闹大人，让他们别喝咖啡了，去给他们帮忙。就来，就来，大人说。月亮灿烂的白光沐浴着他们，和灯泡的黄光融在一起。所有人都沉浸在一种无忧无虑的无所事事里，时不时看一眼钟，看还剩多久。那些“真正的男人”，帕特莉在她的哲学幻想里揣摩，不是别人，正是她眼前这些人。按照她妈妈这么多年来一直向她传达的观点，只可能是这么回事。埃莉萨·比库尼亚的想法可不是空想得来、无法实践的，而是源自男人、沿着男人对照。转一圈回来，通过一路的经验把他们定为“真正的男人”（实际也不需要他们真是）。这就好像去习惯某件事，包括习惯茶余饭后的平庸。她更加专心地考虑手头的那个问题，有没有别的办法，她试着厘清思路。

父母们终于肯去帮孩子点烟花了。前一分钟孩子们还没精打采，这会儿猛然变得兴奋起来。罗伯托是最热心帮忙的那个，照他女友的说法，他有颗孩子的心。为了逗大家，他甚至从兜里掏出了一大把冲天炮，说是“以防万一”带上的。他们先点了几支冲天炮、摔炮和划炮。爆炸真是有趣极了。他们试着往游泳池里扔，回响像楼塌了一样。再来！这种再来点！他们想要声音再大一点。哈维尔提议点几个会飞的。他们用一个空瓶子当发射器，没有瞄准哪个遥远的星星，而是直接对准了月亮。我看行，埃内斯托说。罗伯托有一个很好的银打火机，不仅能调火焰高度，还能调节强度。劳尔·比尼亚斯说简直就是个喷灯。他们点燃了第一个冲天炮的引线，等着。奇迹，或者真是做得好（这些年很少见了），它嗖地腾空，留下一道金色的尾巴。这次所有人都看着。高空中炸出一团白色的火焰。第二个也是，只不过放出红色，金属色深红的玫瑰。还有几个更大更有威力的，不过留着等会儿放。几个年纪小的，埃内斯托和杰奎琳，转了几个小星星。

唯一一个没太参与的人是帕特莉，她还琢磨呢。她想到，实际上没必要为了知道一直等，可以通过推断占据主动啊，正确推断就能知道会发生什么。她推不出关于鬼魂的事情，她对他们一无所知。但她熟悉一些神态。她竭尽全力，求助于想象力和原生的创造才能（是有点天真），总得出相同的结论：鬼魂们嘴角神秘的微笑。这是一种命中注定，来源于她自身，她的怀疑主义：那种神秘微笑如同终结，如同不可逾越的边界。

神秘微笑想表达什么呢？她也可以做出推断，现在反过来。因为任何一个在那的人，无论坐着的女人，蹲着跟孩子们放烟火的男人，他们可能说的话、做的事，都会以那个神秘的微笑作结。谁都会做。接下来，整个生命，连同它无穷无尽的结论，都是神秘微笑的推断，都是它衍生的系谱。

劳尔·比尼亚斯离开了一会儿，去把自己的杯子满上，喝光（这会促使他再去倒满，不过那已经是他的事了），罗伯托和哈维尔把几支压轴的冲天炮插到瓶子里准备放。他们决定，无论溅出多少火花都得扶好瓶子，不行就在手上盖一块餐巾，不然这东西头这么重、杆子那么粗，还没飞出去就该倒了。就这么干。他们把罗伯托的空气动力打火机靠近它的尾部，大声喊着吸引注意力。发射了！真壮观，带着胜利的姿态，拖一条大尾巴、一大股火花，朝着繁星密布、被城市各个角落的烟火点亮的天空直飞而去。经过楼上锅盖天线的时候，火光照亮了两个夜空中的鬼魂，一个直直挺立，另一个微屈，头正好在前一个的后面。是时间：大约十二点差五分，到十二点，他们会排成一条完美的直线，一前一后紧挨着。哈维尔和罗伯托笑了，就这个体位小声说了句猥琐的话。几乎马上，出于一些共同的联想，他们望向帕特莉，她正坐得笔直，眼神空洞，苍白得像一张纸，一副死人样。她太瘦了，模样几乎就是个恐怖的木偶。

她旁边，女人们谈论着来年的决定、许诺和期待，这三者有时候会被混为一谈。对于伊内斯来说，来年将会是她人生中重要的一年，结婚那年。大家都同意：以后再谈到就会是“一年前、两年前、十年前”了，这一年是个里程碑。对于卡门来说，当然，是一种重复，但也同样重要——她要迎来另一个孩子了。她们都说，岁月滚滚向前，孩子们就像这些年月一样，从地里冒出来，像蜕变的小蝴蝶，受到一年年、一周周、一日日小风的吹动，非要飞……

突然铃声大作。马上就十二点了。男人们赶紧点了一串鞭炮，爆炸的声响像一挺欢乐的机关枪。没等鞭炮放完，帕特莉就起身走向尽头，脚步越来越快，就差跑起来了。所有人都注意到了她的意图，非但没有被吓到呆住，反而同时起身跑去拦她：女人、男人、孩子，所有人冲她喊着，伴随着远远近近的鞭炮声和天空中绽开的万千火花。当然，他们没能拦住她，只差一点点。帕特莉跳了下去。就这样。全家人跑到边上刹住了车，就在她跳下去的地方，沉默，好像心脏出于惯性也跳了出去。下落的时候，帕特莉厚厚的眼镜从头上掉出来，继续和她一起平行下落。一个不知道从哪冒出来的鬼魂，在眼镜落地之前，半空中接住了它。眼镜完好无损，接着被轻轻一弹，飞回到楼顶边缘，停在帕特莉的亲人面前，他们正因为这场悲剧惊魂未定。他向劳尔·比尼亚斯伸出手，递上眼镜，劳尔伸出一只手接过来。人和鬼互相定定地看。

1987年2月13日

塞萨尔·艾拉
作品导读

八十部小说环游地球：艾拉博士的神奇写作

孔亚雷

八十部小说环游地球：艾拉博士的神奇写作

孔亚雷

1953年，布宜诺斯艾利斯，一位叫贡布罗维奇的49岁波兰流亡作家写下了也许是文学史上最有名（也最伟大）的日记开头：

星期一

我。

星期二

我。

星期三

我。

星期四

我。

与此同时，同样在阿根廷，在一座距布宜诺斯艾利斯三百英里的外省小镇，普林格莱斯上校城，住着一个四岁的小男孩。他叫塞萨尔·艾拉。他也将成为一位作家——一位跟贡布罗维奇同样奇特的作家。（事实上，今天他已被广泛视为继博尔赫斯之后，拉丁美洲最奇特、最具独创性的小说家之一。）自然，当时的小男孩艾拉对此一无所知。跟世界上所有的四五岁儿童一样，对他来说，“将来”（以及“文学”，或“艺术”）还不存在。他还处于自己个人的史前期，其中只有永恒的当下，和一种“动物般的幸福”（尼采语）。多年后，已成为知名小说家的艾拉，对这种史前童年期有一段极为精妙的阐释：

神秘主义者和诗人们所梦寐以求的，对现实的直觉性吸收，是儿童每天都在做的事。在那之后的一切都必然是一种贫化。我们要为自己的新能力付出代价。为了保存记录，我们需要简化和系统，否则我们就会活在永恒的当下，而那是完全不可行的。……（比如）我们看见一只鸟在

> 飞，成人的脑中立刻就会说“鸟”。相反，孩子看见的那个东西不仅没有名字，而且甚至也不是一个无名的东西：它是一种无限的连续体，涉及空气、树木、一天中的时间、运动、温度、妈妈的声音，天空的颜色，几乎一切。同样的情况发生于所有事物和事件，或者说我们所谓的事物和事件。这几乎就是一种艺术作品，或者说一种模式或母体，所有的艺术作品都源自于它。

因而，他接着指出，所谓令人怀念的童年时代，也许并非我们通常认为的那种“天真的自然状态”，而是“一种无比丰富、更加微妙和成熟的智力生活”。这或许是我们听过的关于童年（也是关于艺术）最动人而独特的解读之一。它出自塞萨尔·艾拉一篇自传性的短篇小说——《砖墙》。“小时候，在普林格莱斯，我经常去看电影。”这是小说的第一句。它以一种异常清澈的口吻，从一个成熟作家的视角，回忆了自己童年时最要好的小伙伴米格尔，以及最热衷的爱好——看电影。而将这两者交织起来的，是一个叫“ISI”的游戏，其灵感来自他们看的一部希区柯克电影，《西北偏北》——在阿根廷放映时的译名是《国际阴谋》（那就是“ISI”这个名字的由来：“国际秘密阴谋”的英文缩写）。这个游戏最基本的规则是保密：“我们不允许向对方谈起‘ISI’；我不应该发现米格尔是组织成员，反之亦然。交流通过放在一个双方商定的‘信箱’中的匿名密件来进行。我们说好那是街角一栋废弃空房的木门上的一道裂缝……”于是，一方面，他们通过“密件”交流进行“ISI”游戏（编造某种迫在眉睫的危险，或者互相发出拯救世界的命令，或者指出敌人的行踪……），另一方面，他们又假装已经彻底忘了“ISI”这回事，他们继续一起玩别的游戏，但从不提及“ISI”。至于为什么要制定这种奇妙的、自欺欺人的游戏规则，作者告诉我们那是因为：

> 机密是所有一切的中心。……（但）我们一定知道——很明显——我们不管做什么都不会引起大人们的丝毫兴趣，这贬低了我们机密的价值。为了让秘密成为秘密，它必须不为人知。由于我们没有其他人，我们就只能不让我们自己知道。我们必须想办法将自己一分为二，而在游戏的世界里，那也并非完全不可能。

将自己一分为二——这既是这个游戏的核心，也是这篇小说的核心：它事关写作本身。在写作，尤其是小说写作的世界里，“将自己一分为二”不仅可能，而且必须。因为写小说在本质上就是一种游戏，一种特殊的、“ISI”式的游戏：一方面，当然是作家本人在写，但另一方面，作家又必须假装忘记是自己在写（以便让笔下的世界获得某种超越作者本人的生命力，让事件和人物自动发展）。而且由于写作是一个人的游戏，作家就只能自己不让自己知道——他（她）必须“想办法将自己一分为二”。在很大程度上，这是个微妙的分寸问题。而对这一分寸的把握能力（既控制，又不控制；既记得，又忘记），往往决定了作品的水平高低。

就这点而言，塞萨尔·艾拉无疑是个游戏大师。（另一位奇异的小说家，村上春树，也表达过类似的观点，他在一次访谈中称写作“就像在设计一个电子游戏，但同时又在玩这个游戏”，仿佛“左手不知道右手在做什么”，有种“超脱和分裂感”。）所以，《砖墙》被置于《音乐大脑》——他仅有的两部短篇小说集之一（另一部是《塞西尔·泰勒》）——的开篇，也许并非偶然。写于作家62岁之际，它并不是那种普通的追忆童年之作，而更像是对自己漫长（奇特）写作生涯的某种总结和探源。于是，只有将它放到塞萨尔·艾拉整个写作谱系的背景下，我们才能发现它所蕴藏的真正含义——就像一颗钻石，只有把它拿出幽暗的抽屉，放到阳光下，才能看见那种折射的、多层次的、充满智慧的美。

塞萨尔·艾拉与贡布罗维奇几乎擦肩而过。1967年，当18岁的艾拉来到布宜诺斯艾利斯（此后他便一直居住在这座城市），贡布罗维奇刚于四年前，1963年，离开阿根廷去了欧洲——他再没回来过（他于1969年在法国旺斯去世）。但我们几乎可以肯定，艾拉读过贡氏那部著名的小说《费尔迪杜凯》。这不仅是因为那部小说的知名度和艾拉巨大的阅读量，更是因为《费尔迪杜凯》本身：一个三十多岁的落魄作家突然返老还童，变成一个十几岁的少年？一场试图砸破所有文明模式——从学校、城市、乡村到爱情、道德、革命，甚至时空——的荒诞疯狂冒险？这听上去几乎就像是从塞萨尔·艾拉的八十部小说中随便挑出的某一部。

八十部？对，你没听错。八十部。（事实上，这个数字还在增加，因为他还在以每年一到两部的速度出版新作。）迄今为止，艾拉先生已经出版了八十（多）部小说。它们有几个共同点。首先，它们都是字数在四到六万之间的微型长篇小说。其次，它们在文体和题材上的包罗万象，简直已经达到了某种人类极限。它们囊括了我们所能想到的几乎所有小说类型：从科幻、犯罪、侦探、间谍到历史、自传、（伪）传记、书信体……而它们讲述的故事包括：一个小男孩因冰激凌中毒而昏迷，醒来后成了一个小女孩；关于风如何爱上了一个女裁缝；一个十九世纪的风景画家在阿根廷三次被闪电击中；一种能用意念治病的神奇疗法；一个小女孩受邀参加一群幽灵的新年派对；一个韩国僧侣带领一对法国艺术家夫妇参观寺庙时进入了一个平行世界；一个政府小职员突然莫名其妙写出了一首伟大的诗歌……但在所有这些犹如万花筒般绚烂的千变万化中，我们仍能确定无误地感受到某种不变、某种统一性。那就是叙述者——塞萨尔·艾拉——的声音。这是那八十多部作品的另一个共同点：它们都是某种奇妙的矛盾混合体——尽管在想象力上天马行空，极尽狂野和迷幻，它们却都是用一种清晰、雅致而又略带嘲讽的语调写成。其结果便是，当我们翻开他的小说时，就像跌入了一个彩色的真空旋涡，或者《爱丽丝漫游仙境》中的兔子洞：一方面是连绵不绝、犹如服用过LSD般的缤纷变幻，但同时另一方面，我们又仿佛飘浮在失重的太空，感到如此悠然、宁静，甚至寂寥。

要探究塞萨尔·艾拉的这种矛盾性，我们可以从两方面入手：他的写作源头和写作方式。所有好作家（及其风格），在某种意义上，都是自我教育的结果。（我们并不否认民族和地域的重要性，尤其是考虑到拉丁美洲——作为魔幻现实主义的大本营——一向盛产如热带植物般奇异而繁茂的作家，但那又是另一个话题，这里暂且不加讨论。）虽然塞萨尔·艾拉常被拿来与自己的著名同胞博尔赫斯相提并论，虽然他们的作品都有博学、玄妙和神秘主义的倾向，但实际上他们的品味和气质却有天壤之别。因为他们的自我教育方式完全不同。博尔赫斯的写作源头是父亲的私人图书室，是《贝奥武夫》《神曲》、莎士比亚、古拉丁语、大英百科全书——总之，典型的高级精英知识分子；而塞萨尔·艾拉呢？是在家乡小镇看的两千部商业电影（大部分都是侦探片、西部片、科幻片之类的B级电影），是鱼龙混杂无所不包的超量阅读（平均每天都要去图书馆借一两本），以及上百本仅在超市出售的英语畅销低俗小说（他甚至将它们都译成西班牙文卖给了一个地下书商）。所以，很显然，上述那些“神奇”的、散发出强烈“B级片”风味的故事情节正是源自这里：盛行于上世纪五六十年代到八十年代的通俗流行文化。

而与这一源头形成鲜明对比的，是塞萨尔·艾拉的写作方式。虽然拜波普艺术所赐，通俗文化产品的地位有所提高，但在本质上它仍然是反艺术的，决定这一点的是它的制作方式：模式化和速成化。但塞萨尔·艾拉的写作方式却正好相反，它缓慢、严肃、精细——一种典型的、福楼拜式的纯文学写作。据说每天上午他都会出现在布宜诺斯艾利斯的某家咖啡馆，一边喝咖啡一边写上三四个小时，也许只写几个字，或者几十个字，最多不超过几百个字，日复一日，年复一年，从不中断。但跟福楼拜不同（事实上，跟世界上所有其他作家都不同），他从不修改。（是的，你没听错。从不修改。）也就是说，比如，不管周五时觉得周三写的如何，都绝不放弃或修改周三写下的东西——就好像不可能放弃或修改周三说过的话，或做过的事，仿佛作品*就是*人生，同样不可能更改或修正。他甚至给自己这种写法取了个名字："一路飞奔式写作"。

这怎么可能？毕竟，如果说小说世界有优于现实世界之处，那就是它更为有序，而这种不露痕迹的有序通常是作家反复打磨修改的结果。所以这只有两种可能：一、他写得极其谨慎而缓慢；二、传统小说世界中的有序——故事情节、逻辑推进，道德（或社会）意义——对他毫无意义，毫不重要。

也许那正是为什么他的作品题材如此多变的原因：故事对他毫不重要。所以他可以随便使用什么故事——任何故事。如此一来，还有什么比流行通俗文化更好的故事资源吗？还有什么比它们更可以信手拈来，更取之不竭、引人注目、多姿多彩吗？

对流行文化进行文学上的回收再利用，这显然并非他的独创。后现代文学中的“戏仿”由来已久。最典型的例子莫过于唐纳德·巴塞尔姆的《白雪公主》和托马斯·品钦的《万有引力之虹》。（前者的戏仿对象是格林童话，后者则是侦探和战争小说。）但似乎是为了平衡文本的轻浮与滑稽感，这些戏仿作品往往被赋予了某种道德重量——想想《白雪公主》中强烈的社会批判，以及《万有引力之虹》中的战争和性隐喻。但塞萨尔·艾拉不同。虽然他的叙述语调也略带嘲讽，但那是一种优雅的、有节制的、托马斯·曼式的嘲讽。他那些表面令人眼花缭乱的作品，更像是对空洞流行文化的一种“借用”，一种“借尸还魂”。或者，换句话说，他是在用无比精致的文学手法描述一种无比空洞的内容。

这才是塞萨尔·艾拉的文学独创：一种奇妙的空洞感。要更好地揭示这一点，我们还必须借助那篇《砖墙》。“最近有人问起我的品味和偏好”，小说的叙事者——小说家本人——告诉我们，“当提到电影和我最爱的导演，对方提前代我回答说：希区柯克？”他说是的，然后他说如果对方能猜出他最爱的希区柯克电影，他会对其洞察力更加钦佩。

对方想了想，自信地报出了《西北偏北》（而它恰好也是“ISI”游戏的灵感来源）。对此，塞萨尔·艾拉分析说：

> 这让我怀疑《西北偏北》与我想必有某种明显的类似。它是部著名的空缺电影，一次大师的艺术操练，它清空了间谍片和惊悚片中所有的传统元素。由于一帮笨得无可救药的坏蛋，一个无辜的男人发现自己被卷进了一桩没有目标的阴谋，而随着情节的展开，他能做的只有逃命，根本不清楚到底怎么回事。环绕这一空缺的形式再完美不过，因为它仅仅是形式而已，换句话说，它无须跟任何内容分享自己的品质。

在这里，塞萨尔·艾拉清楚地点明了自己的秘密：他写的是一种空缺小说。所以，如果说那些通俗文化产品表面上的多姿多彩是为了掩饰其内容的空洞无物，那么对塞萨尔·艾拉的作品而言，它们的多姿多彩恰恰是为了凸显其内容的空洞无物。因为只有如此，才能让环绕这种空无的形式显得“再完美不过”，才能让形式“仅仅是形式”，而“无须跟任何内容分享自己的品质”。

于是，这样看来，塞萨尔·艾拉似乎已经完成了福楼拜的夙愿：写出一种没有内容只有形式的小说，一种纯粹的小说。（尽管他采用的方式是极为拉美化的——因极繁而极简，因疯狂而冷静，因充实而空无。）但我们仍无法满足。仅仅是形式？什么形式？而那“无须跟任何内容分享自己的品质”又是什么品质？

我们对后现代文学中的形式创新并不陌生。从法国“新小说”的极度客观化视角（以罗伯·格里耶的《橡皮》《嫉妒》为代表），到对各种新媒体的兼收并用（比如在珍妮弗·伊根的《恶棍来访》中，有一章完全是用幻灯片呈现）。但塞萨尔·艾拉似乎对这种叙述方式的创新毫无兴趣——他的笔法和结构，正如我们之前说过的，一向简朴而精确，简直近乎古典。（如果用电影做比喻，他与另一位拉美后现代文学大师波拉尼奥的区别，就是希区柯克与大卫·林奇的区别。）那么他所谓的“形式”和“品质”到底是指什么呢？也许我们可以从他另一部具有浓郁自传性的小说《艾拉医生的神奇疗法》中找到答案。

《艾拉医生的神奇疗法》——这一标题就颇具意味。虽然化身为医生，我们仍可以一眼看出那就是塞萨尔·艾拉本人。名字一模一样自不用说（而且“医生”这个词，无论在英语还是西班牙语里，都有“博士”的意思），难道还有什么比“治疗”更适合用来象征“写作”吗？小说的开场是这样的：

> 一天清晨，艾拉医生突然发现自己走在布宜诺斯艾利斯某街区的一条林荫道上。他有梦游症，在陌生但其实很熟悉的小道上醒来也没什么奇怪的（熟悉是因为所有街道都一样）。他的生活是一种半游离半专注、半退场半在场的行走。在这种交替中，他创造了一种连续性，即他的风格，或者说，如果一个周期结束，也就创造了他的生命——他的生命将一直如此，直到尽头，直到死亡。

我们完全有理由将这段话视为一种隐晦的自传，不是吗？“一种半游离半专注、半退场半在场的行走”——这不禁叫人想起“ISI”游戏（想起“ISI”游戏式的写作，确切地说）：我们必须将自己一分为二。事实上，在小说的第二章，当艾拉医生开始写作自己那部活页形式的、带有百科全书性质的毕生著作《神奇疗法》时，他已经表现得越来越像小说家艾拉（而那部著作，显然是在暗指艾拉本人的八十多部小说——就像巴尔扎克的《人间喜剧》，它们也可

以被合称为《神奇写作》):

> 写作收纳一切，或者说写作就是由痕迹构成的……究其本源，写作的纪律是：控制在写作本身这件事上，保持沉稳、周期性和时间份额。这是安抚焦虑的唯一方式……多年以来，艾拉医生养成了在咖啡馆写作的习惯……习惯的力量，加上不同的实际需求，让他到了一种不坐在某家热情的咖啡馆桌前就写不出一行字的程度。

但不管怎样，让我们继续假装那不是艾拉作家，而是艾拉医生。(因为阅读小说，在某种意义上，也是一种“ISI”游戏，我们也必须将自己一分为二：既知道那是虚构，又假装那是真的。)在经历了一场好莱坞式的闹剧之后，我们终于抵达了小说的最高潮——为拯救一名垂危的富商，艾拉医生决定当众施展他的神奇疗法：

> 真相大白的时刻近了。
>
> 真相就是他还没决定好要做什么。最近两天他琢磨了各种办法，但并没什么把握，就像最近几十年一样，自从年轻时领会到神奇疗法的那个

> 遥远的一天起。从那时到现在，他的想法基本保持原样……总会有办法的……只要时间向前走，他一定会做出点什么。不是严格的即兴发挥，而是在他一辈子的珍贵反思中找到那个恰好合适的动作。这与其说是即兴，不如说是瞬时记忆训练。

所以，这就是艾拉医生（作家）的神奇疗法（写作）：一种完全基于直觉的即兴发挥。所以塞萨尔·艾拉作品中独特的“形式”和“品质”不在于写作形式上的创新，而在于写作方式上的创新——那是一种完全地、几乎百分之百依赖直觉的写作（那也是为什么他写作极为缓慢，且从不修改的原因）。如果说所有小说家或多或少都在玩着“ISI”式的游戏，那么没有人比塞萨尔·艾拉玩得更彻底，更疯狂——但同时也更冷静。

那是一种孩子式的冷静（兼疯狂）。因为这种彻底的直觉性写作，意味着要有一种超常的直觉力，而正如我们在文章开头所引用的，塞萨尔·艾拉对童年和艺术起源的解析：“神秘主义者和诗人们所梦寐以求的，对现实的直觉性吸收，是儿童每天都在做的事。”那也正是塞萨尔·艾拉的每部小说都在做——或者说，竭力在做——的事：对现实的直觉性吸收。于是他的小说常常让我们感觉像一种“无限的连续体”，涉及星辰、超市、电影院、椴树、幽灵、狗、变老、阿尔卑斯山、睡眠、音乐、革命、暮色、马戏团……总之，“几乎一切”。于是，在《我怎样成为修女》中，在一支有毒冰激凌的引导下，一个六岁小男孩（或小女孩）展开了一场糅合了幻觉、悲伤和自我认知（一种情感上的“无限连续体”）的心理探险之旅；《风景画家的片段人生》则是真正的探险：一名流连于潘帕斯草原的德国风景画家竟然三次被闪电击中，虽然严重毁容，但他幸存了下来，并继续作画——极端的生理体验、壮阔的美洲风景与艺术的神秘交织在一起；而在《幽灵》中，我们将面对一个问题：如果收到来自另一个世界的派对邀请，你会接受吗——如果前提是你必须先去死？

相对于以马尔克斯为代表的“魔幻现实主义”，塞萨尔·艾拉或许更应该被称为“神奇现实主义”。因为“魔幻”这个词更偏于成人化，更有人工意味，所引发的寓言效果——正如马尔克斯在《百年孤独》中向我们展示的——更富含历史和政治性。而“神奇”则显然更接近童年和直觉，更轻盈、纯粹而超脱。但请注意，我们要再次回到文章开头塞萨尔·艾拉对童年的解读：这种童年式的“神奇”并非某种“天真的自然状态”，而是一种“无比丰富，更加微妙和成熟的智力生活”。于是相对应地，较之

《百年孤独》那种浓烈的历史和政治寓意，塞萨尔·艾拉的“神奇现实主义”所散发的寓言感，则显得既单调又丰富。单调，是因为它只要用一个字就可以总结：“我”。而丰富，是因为这个时刻在对现实进行着“直觉性吸收”的“我”，一如塞萨尔·艾拉举例所用的“鸟”：在孩子（以及塞萨尔·艾拉的小说）那里，“我”不仅不是我，甚至也不是“无我”，“我”是“一种无限的连续体”，“我”就是一切，而一切也都是“我”。（既然是一切，当然就已经包含了历史和政治。）

我？为什么是我？你也许会问。因为“我”是直觉的最终源头。因为即使你抛弃一切，你也永远无法抛弃“我”。（因为仍然是“我”在抛弃。）“我”是最卑微而弱小的，但同时也是最基本、最强大、最高贵而永久的。“我”最繁复又最简洁，最充实又最虚空。这个“我”并不局限于狭窄的个人视角，而更接近一种无限的、孩子般的“忘我”。正是这个“我”，定义了塞萨尔·艾拉小说世界最核心的品质（或者说形式）：既一无所有，又无所不有。

于是，我们似乎完全可以套用贡布罗维奇那奇妙的日记开头，来形容塞萨尔·艾拉的八十（多）部小说。《艾拉医生的神奇疗法》：我。《我怎样成为修女》：我。《风景画家的片段人生》：我。《幽灵》：我。我。我。我。我。我……

但贡布罗维奇的“我”与塞萨尔·艾拉的“我”有本质的区别。《费尔迪杜凯》同样是一部关于“我”的小说。这不仅指小说主人公显然就是作者本人的缩影，更是指主人公“自我身份”的不停转化：他先是逃离了自己的作家身份，变成一个叛逆的中学生；接着他又逃离学校，穿越城市与乡村，成为一个局外人；当他来到姨妈的旧式庄园，他摇身变成了一名贵族；通过挑动农民反抗地主，他俨然又成了一名革命者；而当他最终逃离一片混乱的庄园，他发现自己又不得不扮演起多情爱人的角色……因此，我们看到，《费尔迪杜凯》中的荒诞历险实际上是一场永无止境的逃离——逃离各种各样的“我”。因为根本没有真正的“我”。在贡布罗维奇看来，所谓“自我”，不过是社会文明机器制造出的各种模式化的面具。不管怎样逃离，我们都逃不开一个虚伪的、造作的、角色扮演式的“我”。

而塞萨尔·艾拉则正好相反。如果说在他那流动、飘忽、时而令人晕眩的小说世界里有什么是固定不变的，那就是“自我”。对他（以及他赖以为生的直觉）而言，“我”不是文明社会的假面具，而是他在这个变幻无常、充满焦虑的世界中最后的，也是唯一的依靠。这种对“自我”的执着和固守，在他的另一篇短篇杰作《毕加索》中，通过一个身份认同的难题，得到了完美的展现。

那个难题就是：如果有个神灵让你选择，是拥有一幅毕加索的画，还是成为毕加索，你会选择哪个？初想之下，似乎任何人——包括故事的叙述者，一位小说家（显然又是艾拉本人）——都会毫不犹豫地选择后者。“谁不想成为毕加索？”作者自问，“现代历史上还有比他更令人羡慕的命运吗？”“任何人处在我的位置都会选择第二项”，他接着说，因为它已经包含了第一项：毕加索不仅可以画出所有他喜欢的作品，而且保留了大量自己的画作——此外，变成毕加索的优点还不只如此，那还意味着能享受到他那无与伦比的创造极乐。但最终，这位叙述者还是选择了前者，原因是：

> 一个人要变成其他人，首先必须不再是自己，而没人会乐意接受这种放弃。这并不是说我自认为比毕加索更重要，或更健康，或在面对生活时心态更好。……然而，受惠于长期以来的耐心努力，我已经学会了与自己的神经质、恐惧、焦虑，以及其他精神障碍和平共处，或者至少能做到将它们置于我的控制之下，而这种权宜之计能否解决毕加索的问题就无法保证了。

这里有一种优雅的宿命感，一种平静的自认失败，一种甚至带着适度心碎的放弃。它们不时闪现在塞萨尔·艾拉那些充满自传性的短篇小说里。正如我们开头所说，这些短篇要被置于塞萨尔·艾拉的整体写作背景下，才能放射出其深邃之光——如果把他的八十多部微型长篇小说看成一个整体，一种活页形式的百科全书（《神奇写作》），那么这两部短篇集就是一种附录式的评注。

于是它们常常表现为某种神奇的自我指涉。比如，在短篇小说《音乐大脑》中，捐书晚餐、奇特的音乐自动播放机、女侏儒产下的巨蛋交错构成了一幅作者文学之源的象征图腾："在普林格莱斯的传奇历史中，由此产生的奇妙图案——一本书被精巧、平衡地放置在巨蛋顶上——最终成为市立图书馆创立的象征。"

在《购物车》中，"我"发现了一辆会自己滑行的神奇购物车，它整晚都在超市里"四处转悠"，"缓慢而安静，就像一颗星，从未犹豫或停止"，而"作为一名感觉与自己那些文学同事如此疏远和格格不入的作家，我却感到与这辆超市购物车很亲近。甚至我们各自的技术手法也很相似：以难以察觉的极慢速度推进，最终积少成多；眼光看得不远；城市题材。"

《塞西尔·泰勒》则以真实的美国先锋爵士乐大师塞西

尔·泰勒的生平为蓝本——由于艺术上过于超前而导致的不间断受挫。我们很容易注意到这两个名字的相似：塞西尔与塞萨尔。我们也同样容易注意到他们在艺术手法（及受挫程度）上的相似："一路飞奔式"的直觉与即兴。

回到那篇《毕加索》。当主人公决定选择拥有一幅毕加索的画（而不是成为毕加索，也就是说，选择固守那个"我"），一幅中等大小的毕加索油画出现在他面前。画中是一个立体变形的女王形象。作者意识到它是对一则古老西班牙笑话的图解，那是关于一位没有意识到自己残疾的瘸腿女王，大臣们为了巧妙地提醒她，特意组织了一场盛大的花卉比赛，以便在最后请女王选出冠军时对她说出那句"Su Majestad，escoja"，即"陛下，请选择"——但如果把最后一个词破开读，意思也可以是："陛下是瘸子"。作者接着指出，这幅画有好几个层次的意义：

> 首先是主人公瘸腿却不自知。人们有可能对自身的很多事情无从知晓（比如，就拿眼前这个例子来说，一个人到底是不是天才），但很难想象一个人会连自己瘸腿这么明显的生理缺陷都意识不到。也许原因就在于主人公的君王地位，她那独一无二的身份，这使她无法以正常的生理标

准来评判自己。

“独一无二，正如世上也只有一个毕加索。”他接着说，“这里有某种自传性，关于绘画，关于灵感……”因为“到了三十年代，毕加索已被公认是画不对称女人的大师：通过一种语言学上的绕弯子来使一幅图像的解读复杂化，可谓另一种意义上的扭曲变形，而为了突出他赋予这种手法的重要性，他选择了将其安放到一位女王身上。”最后，他又提到了这幅画的第三层意义，即它的“神奇来源”：

> 直到那时，没有一个人知道这幅画的存在；它的奥妙、它的秘密，一直以来都尘封不动，直到它在我——一个说西班牙语的人，一个热爱杜尚和鲁塞尔（雷蒙·鲁塞尔，法国超现实主义文学、新小说流派的先导者）的阿根廷作家——面前显形。

显然，这三层意义有一个共同的核心：独一无二。无论是女王、毕加索，还是我，都是独一无二、不可替代的，都是宇宙间唯一的存在。这是一个近乎终极的对自我意识的审视。这是另一种意义上的，或许也是真正的一种“民主”：每个人都是平等的。每个人都觉得自己最重要（不管我们愿不愿意承认）。事实上，不仅是女王，每个人都无法以正常的标准来评判自己，不是吗？因为那是不可能的——就像一个人无法提着自己的头发离开地面。“自我”是一种精神上的万有引力，没有它我们就会飘向彻底的虚空。

但正如我们看到的，在塞萨尔·艾拉这里，这种对“自我”偏执狂般的沉迷没有散发出丝毫的骄傲自大。相反，它显得轻柔、谦逊而又坚韧，那个独一无二的“我”，似乎成了对抗这个支离破碎、充满复制和模拟的世界的最后武器。在可能是塞萨尔·艾拉最广为人知的小说之一《文学会议》中，一名失业的翻译家兼疯狂科学家，试图以墨西哥著名作家富恩斯特为原型，克隆一支军队来掌控地球。（又一个空洞的通俗小说外壳。当然，最终计划失败了，这似乎从另一个角度暗示了自我的独一无二性：自我不可能被复制——克隆。）在小说的前半部，主人公无意间神奇地解开了一个历史谜团，从而发现了一笔古代宝藏，对于这一成就，他分析道：

> 那并非说我是个天才或特别有天赋，完全不是。恰恰相反。……每个人的思想都有自己的力

> 量，不管大小，但总是独一无二的，那种力量属于他而且唯独只属于他。这就使得他能够完成一项任务，不管那任务是伟大还是平庸，但唯独只有他才能完成。……除了读过的书，仅仅在文化领域，就还有唱片、绘画、电影……所有这些，加上自我出生起日日夜夜所经历的一切，给了我一个区别于所有人的思想构造。而那碰巧是解开希洛马库托之谜所需的；因此解开它对我来说简直轻而易举，毫不费力，就像一加一等于二那么简单。……我是唯一的一个；在某种意义上，我也是被指定的一个。

这显然是个巧妙的隐喻。它似乎在说，对于每一个人，世界上都有一个只为他（她）而存在，也只有他（她）能解开的谜。这一隐喻贯穿了艾拉博士的所有作品。借用他想必很喜欢的凡尔纳的小说标题：《八十天环游地球》，我们也许可以将塞萨尔·艾拉的所有作品总结为：八十部小说环游地球。但不管环游到何地，不管那些经历（故事）表面上多么光怪陆离，“我”仍然是“我”。“我”——那是最大和最后的局限，但也是最大和最后的安慰。甚至，也许那就是我们每个人存在的真正唯一目的——不然还能是什么呢？——去解开那个只有你才能解开的谜：生活。属于你而且唯独只属于你的生活。独一无二的生活。

图书在版编目（CIP）数据

鬼魂的盛宴 /（阿根廷）塞萨尔·艾拉著；于施洋译. —杭州：浙江文艺出版社，2019.6（2024.10重印）
ISBN 978-7-5339-5569-4

Ⅰ.①鬼… Ⅱ.①塞… ②于… Ⅲ.①中篇小说—阿根廷—现代 Ⅳ.①I783.45

中国版本图书馆CIP数据核字(2019）第004035号

鬼魂的盛宴
GUIHUN DE SHENGYAN

作　　者:［阿根廷］塞萨尔·艾拉
译　　者：于施洋
责任编辑：关俊红　王莎惠
营销编辑：张恩惠
插画设计：KUNATATA
封面设计：尚燕平

出版发行：浙江文艺出版社
地　　址：杭州市环城北路177号
网　　址：www.zjwycbs.cn
经　　销：浙江省新华书店集团有限公司
印　　刷：杭州富春印务有限公司
版　　次：2019年6月第1版　2024年10月第2次印刷
开　　本：880毫米×1230毫米　1/32
字　　数：76千字
印　　张：4.625
插　　页：5
书　　号：ISBN 978-7-5339-5569-4
定　　价：**42.00元**